目 录

张玮玮
钟立风
刘　洋
赵美丽
王欣宇
安子与九妹

对
话

人生很长，青春和爱情却太短暂了　　　　　　　　002

假想之旅，一个"情色"民谣歌手的坦白　　　　　018

这个1994年的男孩儿说：我想结婚了　　　　　　032

人来世界走一遭，还是得逍遥　　　　　　　　　046

谢谢你，"灵魂伴侣"　　　　　　　　　　　　　060

我们是喜欢热闹的"群居动物"　　　　　　　　　076

尚东峰
邵夷贝
周子琰
田　原
木小雅
表情银行 焦思雨

独
白

四季告别礼　　　　　　　　　　　　　094

爱的信笺　　　　　　　　　　　　　118

当我们谈爱情的时候是在谈什么　　　142

不到的距离　　　　　　　　　　　　158

你还是你,有我一想就心颤的名字　　174

没写过爱情歌也有爱情观　　　　　　192

刘欣然
舒大卫
王斐南
鲸鱼马戏团　李星宇
马　　潇
大　　宽
司徒骏文
马克吐舟
大象先生

狂
欢

我和两只猫的情愫	214
星期天浪漫商店——舒大卫和他的都市情歌	230
"超现实"影像中,那些"后现代"的奇异声响	244
来自安第斯的声响:恰朗戈(Charango)	268
北京 Livehouse 指南	284
话剧推荐	300
记录一二	320
摇滚音乐剧中的爱情	334
去个不被糟蹋的地方	358

对

话

中国内地独立音乐人，出生于甘肃省白银市。曾与众多乐队、音乐人合作，见证了中国新民谣崛起的过程。2008年，与郭龙合作，录制现场专辑《你等着我回来》。2012年，两人再度合作录制录音室专辑《白银饭店》，深受乐迷喜爱。

代表作
《米店》
《哪一位上帝会原谅我们呢》
《秀水街》
《庙会》等

张玮玮

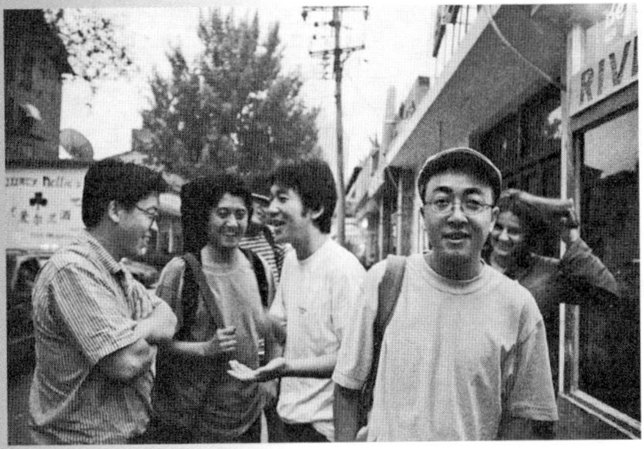

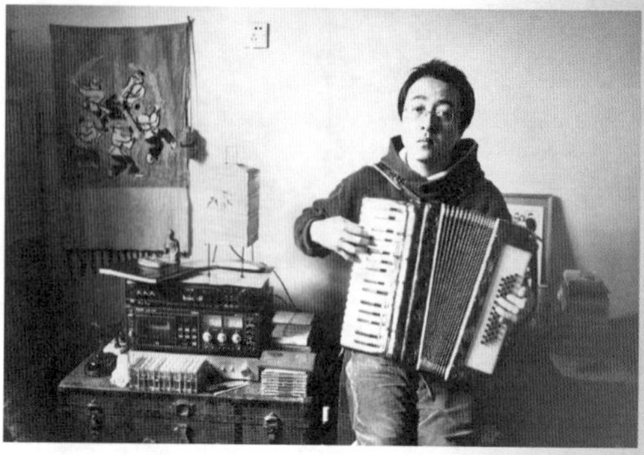

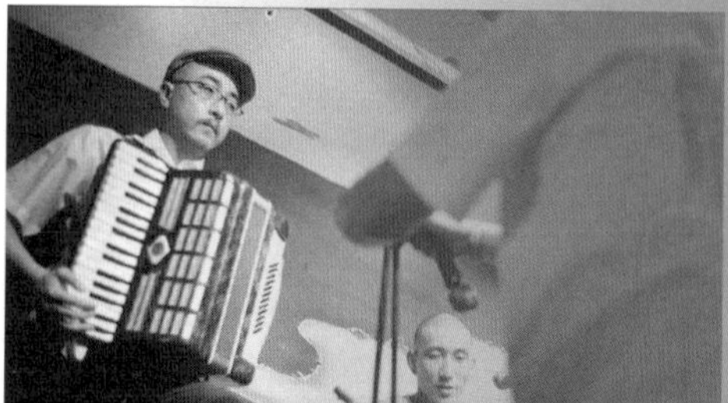

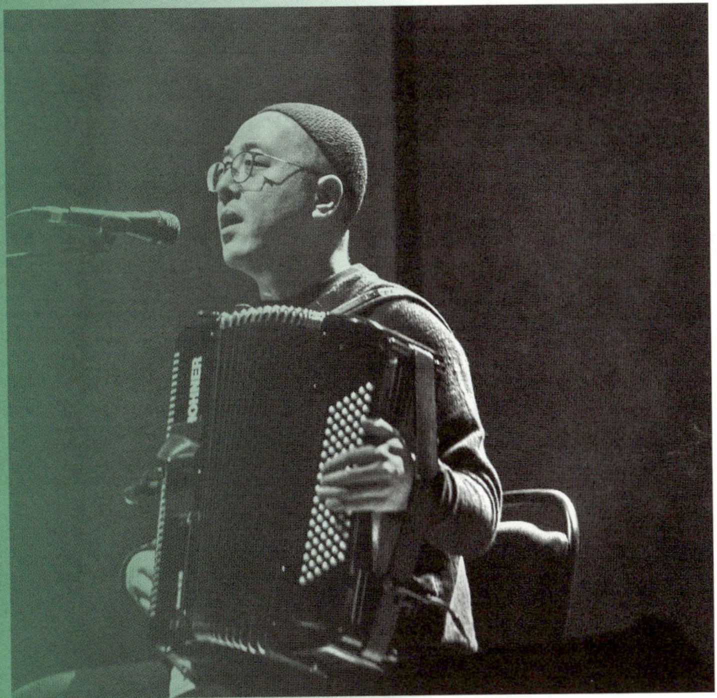

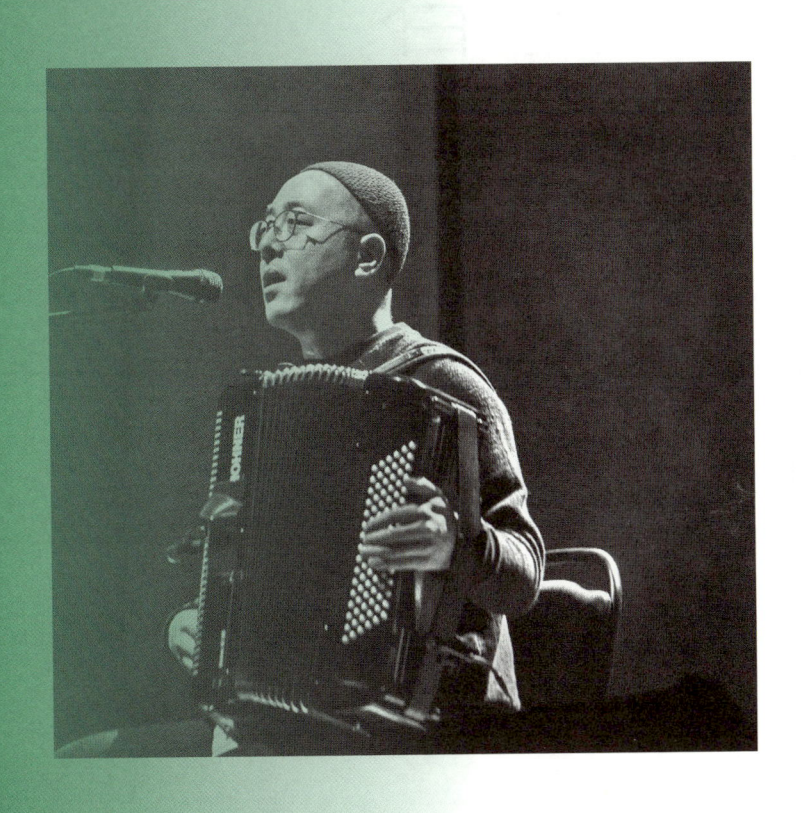

人生很长，青春和爱情却太短暂了

在黄土高原和腾格里沙漠过渡地带的山区里，有一座工业小城白银。二十世纪八九十年代，小城的生活区就是各个国企单位的家属院。白天，大人们都上班了，白银少年们晃荡在大街上，就这样"野"着长大。张玮玮，便是这些少年中的一个。

漫长的青春期里，空气干燥，阳光炽烈。那是手机和网络普及前的古早年代，普通家庭更是连电话都没有，资讯从北京传到兰州，再从兰州传到白银，常常半年就过去了。信息的滞后让时间变得更加缓慢，无所事事的少年们常常在路边，从白天一直坐到深夜。也正是在那些街边的路灯下，张玮玮学会了弹吉他，并开始唱歌。

大把的时光里，青春和爱情是那个年纪最重要的两件事。西北的傻小子们面对兄弟仗义豪放，可一面对姑娘，却往往腼腆得连话都不敢说。最浪漫的约会方式，无非就是轧马路，在街对面目送喜欢的姑娘回家，就能罗曼蒂克到失眠。

好兄弟郭龙是白银当年的风云人物，张玮玮自称只是他的"小弟"，郭龙很受女生欢迎，张玮玮则是一直看着他如何受女生的欢迎，以至于激发了更努力练吉他的动力。

事实上，张玮玮的音乐启蒙比这更早。在张玮玮七八岁时，学音乐的父亲便用家里攒了两年的钱买下了一台珠江牌钢琴，据说这也是全白银第一台私人钢琴。在父亲的督促下，张玮玮学了钢琴、手风琴、单簧管，被迫开始了"音乐生涯"。

儿时不太情愿的音乐学习经历，成了张玮玮此后人生中安身立命、不可分割的部分。1998年，张玮玮作为乐手加入了野孩子乐队，后来的故事如你所知，他和郭龙一起走出白银去了北京，曾经的这段年少岁月化成一首首旋律，便有了第一张专辑《白银饭店》："这张专辑就是我们给自己的青春、给白银的一个交代，这对于我和郭龙是一件很重要的事情。"

《白银饭店》也是张玮玮从乐手转型的重要一步，专辑中收录的作品风格鲜明，又都覆盖着具有西北民谣气质的底色。

很多人因为专辑中的一首《米店》认识了张玮玮："爱人你可感到明天已经来临，码头上停着我们的船，我会洗干净头发爬上桅杆，撑起我们葡萄枝嫩叶般的家。"诗一样美好的音乐和歌词，也描绘出了许多人所向往的爱情的模样。

但事实上，不止《米店》这一首歌关乎爱情，《白银饭店》整张专辑的主题都是青春与爱情。在那一阶段，爱情正是张玮玮创作的主要动因之一。

当步入中年，张玮玮感受到情绪越来越稳定，没有了年轻时的激烈起伏。几年前，他离开生活了十三年的北京，在云南定居下来。山高水远，除了排练，有更多的时间投入生活本身。

他不是高产的创作者，在距离《白银饭店》七年之后的现在，终于有三张专辑同时提上了日程，他希望能够尽快完成它们。当然，新专辑的内容也会和从前有所不同——没有人能永远留住青春,有的作品注定只属于过去某个特定的时期,虽然无法复制,但也没必要留恋。

"爱情绚烂而易逝,带着天生的悲剧性,谁都感受过它的美好和伤感,所以用来写歌很容易产生共鸣。人生很长,青春和爱情却太短暂了,它们也要长大,成为更值得赞美的样子。"

采访及撰稿人:王宁(民谣故事)

011

Q & 1/2/3/4/5/6/7/8

Q

&

A

在白银的漫长青春期里，每天大部分的时间都是怎么度过的？

我的青春期和所有人一样，大部分时间是在学校度过的。好在工业小城的学校，师生对学习成绩要求都不太高，所以过得还算比较轻松。白银很小，整个城市就是由各单位的家属院组成的，生活在其中挺有安全感。我们从小就是在家属院和街头野着长大的，大人也不会过于限制孩子的出入自由，所以我和小伙伴们都过得很开心。尽管那时正值国企改革，白银的每个家庭都被推到了时代的边缘。青春少年就是那样，油瓶子倒了也不会扶。我们经常在街边，从白天一直坐到深夜，原地不动就能搞得像大闹天宫一样，我的幽默感和描述一件事的能力，都是在那个时期养成的。也是在那些街边的路灯下面，我学会了吉他，并开始唱歌。

2011年前后，为什么选择了离开北京去云南？

我是1998年到的北京，在北京待了整整十三年。从2011年开始，北京的空气变得越来越差，朋友们也住得越来越远。没有工作或重要事情都不好意思约别人出来，经常出去参加一个饭局却觉得自己更孤独了。

那年我们和远在云南的张佺见面越来越多，慢慢地就商量着把野孩子乐队重新组起来。但是重组乐队就意味着需要大量的排练，在北京排练时间和费用成本都太高了，最后就决定去云南排练。云南的海拔和气候都让人很舒服，刚开始只是去排练一段时间就回北京，慢慢地就不想走了，最后索性搬到了云南。

会担心陷入生活而影响创作吗？

人到中年越来越稳定，情绪的起伏没年轻时激烈了，确实对创作有些影响。安宁的生活可能是沼泽，但沉浸在情绪里也容易迷失。不论怎样，没有灵感去埋怨生活，我觉得那都是借口。

戏剧演员有个术语叫"跳进跳出"，你得随时进入角色，也得随时能出来。灵感就在我们身边，看不到只能是自己眼拙，以颠覆生活来放飞自我恐怕会掉进死循环。

假如灵感真的枯竭了，那只能是自己的原因，与生活无关。

《白银饭店》这张专辑的作品大多完成于2007年到2009年间，当时是创作欲望非常强烈的时期吗？那时候的生活状态是什么样的？

2007年我刚过三十岁，已经在北京待了十年，很想给自己一个交代，做张属于自己的专辑。《白银饭店》的概念就在那时候浮出了水面，专辑里的歌都是在那几年里写的。

2008年初我开始给孟京辉的话剧做配乐，每周在北京蜂巢剧场演出六场，那几年我演了四百多场话剧。我那时住在东直门，走路去剧场就十来分钟。剧场就是造梦的空间，同组的年轻演员也都特别好，每天去剧场都觉得精神舒畅。

那段时间除了晚上在剧场演出，其他时间我哪里都不去，就在家里弹琴写歌。有时下午在房间里弹琴，一回神才发现天都黑了，赶紧收拾东西跑去剧场。现在想起来，真是段难得的好时光。

青春和爱情是当时创作的主要动因吗?

那个年纪肯定这两件事是最重要的,《白银饭店》的主题也确实就是青春和爱情。

我和郭龙都是白银人,我们很小的时候就是朋友,住在相邻的两个家属院里。我们一起学音乐,一起离开白银,到北京后又一起做乐手。但在很长的时间里,我们对白银这个地方都有逃避的心态,很少跟别人提起白银。《白银饭店》这张专辑就是我们给自己的青春、给白银的一个交代,这对于我和郭龙都是一件很重要的事情。

爱情绚烂却易逝,带着天生的悲剧性,谁都感受过它的美好和伤感,所以用来写歌很容易产生共鸣。人生很长,青春和爱情却太短暂了,它们也要长大,成为更值得被赞美的样子。

和《白银饭店》的创作时期相比,在音乐创作上的喜好或者方式有什么变化?

我以前写歌都是先有曲再填词,现在反过来了,近期的歌都是先写词再谱曲,这样词能自由些。音乐方面想得更简单了,它就是个随性的东西,把氛围和情感表达出来就可以了,不用搞得多复杂。

这几年听了很多电影配乐,我想如果歌词是叙事的,那么伴奏也可以配乐化。为什么我不可以用音乐来讲故事,甚至是一个声音的舞台剧?

《白银饭店 2》准备写什么样的歌?

《白银饭店 2》将是上一张专辑的延伸,"白银"会成为我的一个系列主题。《白银饭店》有很多不足,但也给了我不少启发。那个城市浓缩着社会和人生的很多层面,而且这些内容,年纪越大才越能看明白、说清楚。

这次我打算写几个白银人的故事,它不一定是歌,而是叙事的某种形式。我希望能把配乐和戏剧的想法融汇进去,这张专辑我会尝试更多可能性。

另外,我也不会只做"白银"这一个主题。我正在准备的下张专辑,其实与白银完全无关,如果顺利,很快就会开始录音制作。

哪些文学艺术作品里的爱情给你的印象最深?

我好像很少看爱情题材的书,《大师与玛格丽特》中的某部分可能勉强能算上。玛格丽特在大师最孤独的时候,用爱情温暖了他,在大师受尽折磨的时候,她获得法术,骑着扫帚大闹莫斯科。爱要昂扬,不能憋屈,共勉。

音乐作家。荣获第十一届华语金曲奖"年度最佳民谣艺人",2015年《南方人物周刊》全国青年领袖。

他说:"音乐是忠贞的妻子,文学是娇奢的情人,两者皆爱,然爱的方式不同,忘了这一切吧,我是个犯了'重婚罪'的人。"

代表作
《麦田上的乌鸦》
《像艳遇一样忧伤》
《蓝色旅人》等

钟立风

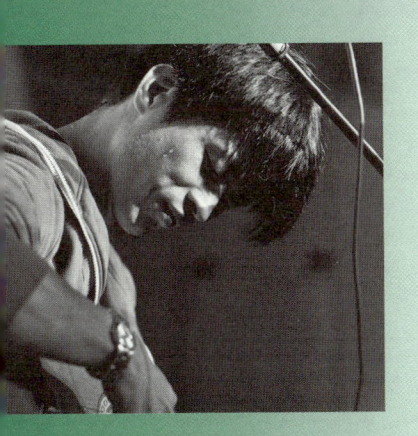

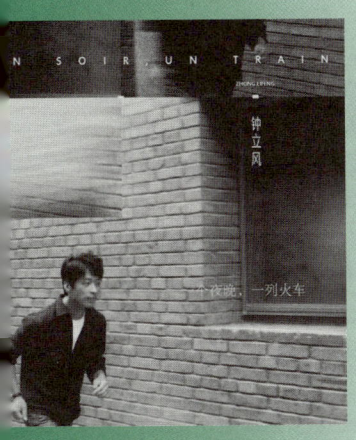

N SOIR UN TRAIN

ZHONG LIFENG

钟立风

一夜晚，一列火车

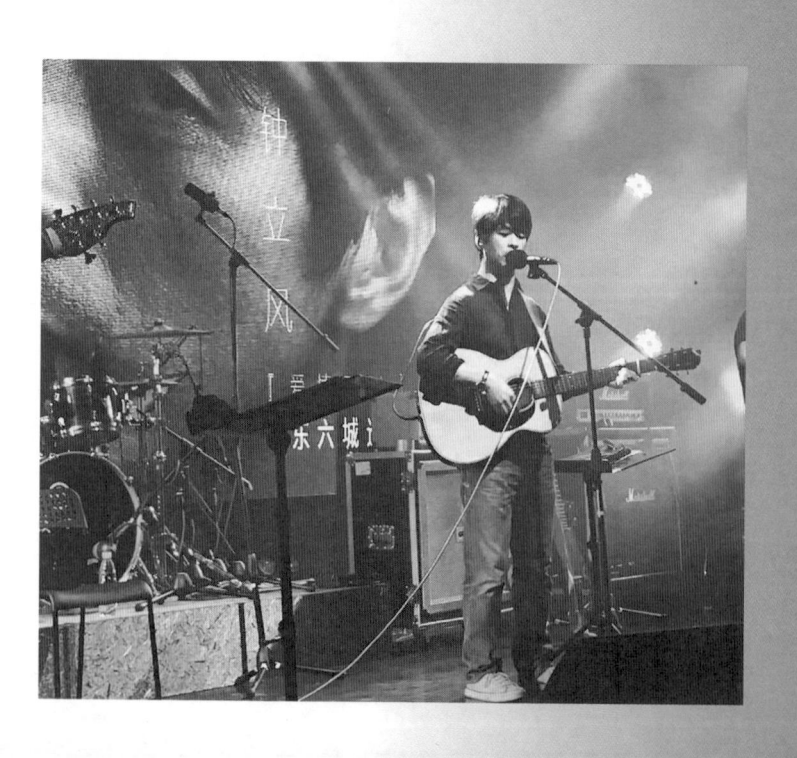
钟立风

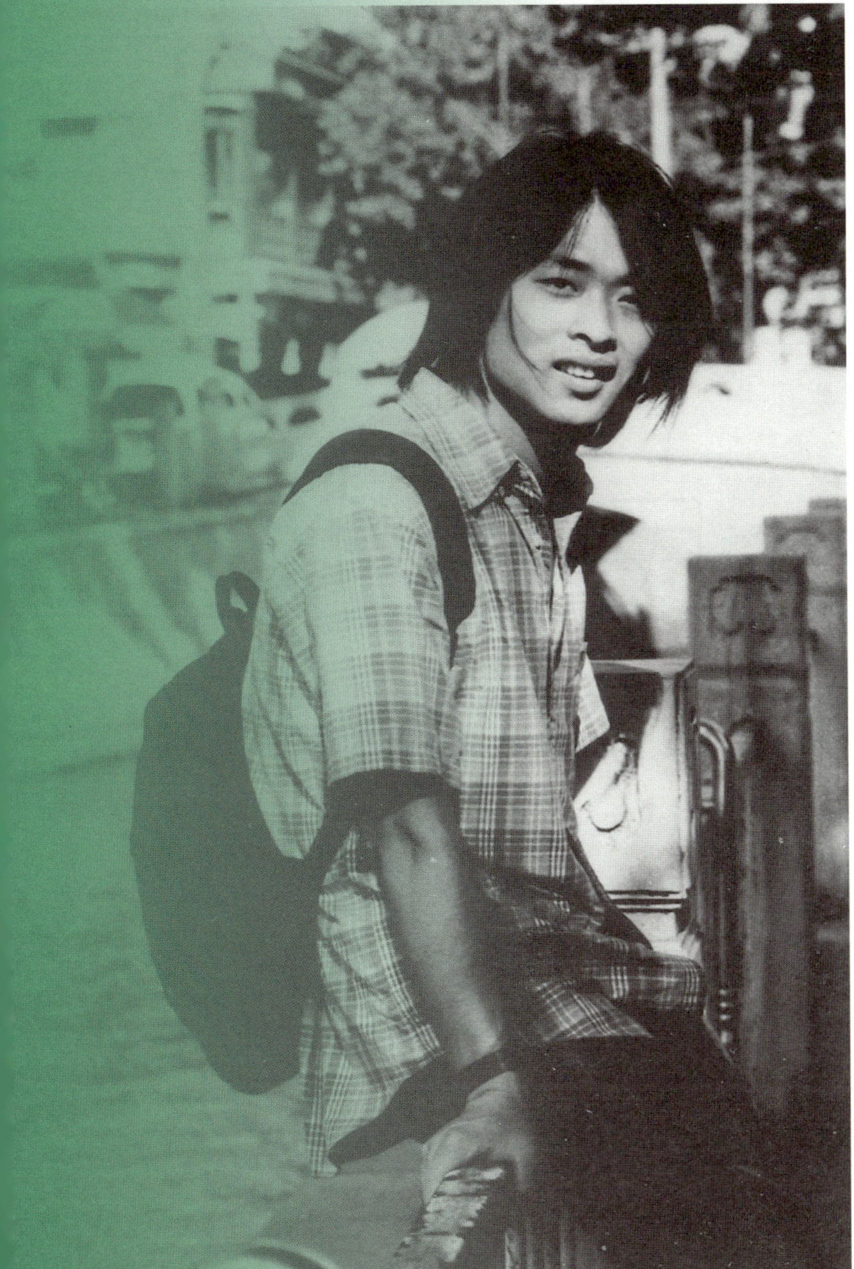

假想之旅，
一个
"情色"
民谣歌手
的坦白

歌手、诗人、作家……在钟立风身上，几种身份的特质浑然一体。有人说，他就是最标准的"文艺男青年"。

音乐的启蒙始于幼时，高中毕业，钟立风便进入浙江歌舞团，成了一名吉他手。几年后，他孤身来到北京，正式开始了自己的创作之旅。晚上在酒吧驻唱，白天坚持写自己的作品，《在路旁》《疯狂的果实》《像艳遇一样忧伤》《欲爱歌》……独特的声音魅力和音乐中的文学气质，"俘获"了无数挑剔的耳朵。

无论音乐还是文字，在钟立风的作品中，"情"与"爱"都是重要的主题。

2016年，钟立风发行了自己的第七张个人专辑《爱情万岁》，这一年，距离发行他的第一张专辑恰好过去十年；2018年，钟立风的书《像艳遇一样忧伤》再版，这一年，距离此书的第一次出版，也恰好过去了十年。从忧郁少年到不惑中年，时光在无声无息间流过了一个又一个十年。"爱"与"情"，为什么始终是他创作中永恒的关键词？

无论是十年前的"醒来在一个不知名的小栈，老板娘还没起床"，还是十年后的"蓝色旅馆里我收到一封信，这一次是老板娘泪如雨滴"，在他的每一首音乐作品中，似乎都藏着一个隐秘的故事。

究竟是怎样一个"有故事的男同学"，才能源源不断地输出这些或忧伤或荒诞，却都能读出现实意味的情节？

乐评人李皖曾在《欲念成歌，爱情万岁》中这样评价钟立风音乐中的爱情："与在爱情中标榜圣洁的做法不同，钟立风的情歌总有一部分会向着情欲敞开大门……"

他到底如何定义"艳遇"，又如何理解爱情与欲望？

原以为拐弯抹角才能问出的问题，却被钟立风回答得简单干净，也让人开始重新思考"爱"与"情"：

"与其说我创作的是爱情，不如说是情欲，我的每首歌曲里，都有情欲的涌动，或者说，正是情欲，使得我有源源不断的创作力。"

访谈的最后，钟立风自己写下了这样一个题目——《假想之旅，一个"情色"民谣歌手的坦白》。

采访及撰稿人：王宁（民谣故事）

Q & 1/2/3/4/5/6/7/8

Q

&

A

从最早期的作品到《爱情万岁》，爱情似乎是你的作品中非常重要的主题，爱情一直是你创作的灵感来源吗？

爱情在我的作品里面主题算不上，但几乎每首歌里面都有它的影子。或者说，都隐约有女性，她（她们）像谜一样地存在，使得我在创作时，进入更加幽暗之处，在那里恰好能找到爱的闪光。就连歌唱母亲的《今天是你的生日，妈妈》里也有这么一句："妈妈，我告诉你，我找到了真正的爱情，她的模样就像年轻时候的你。"所以，与其说爱情，不如说是情欲吧。我的每首歌曲里，都有情欲的涌动，或者说，正是情欲，使得我有源源不断的创作力。

人人不可或缺爱情，人人渴望爱情，但在现实生活里，这一切总是跟人的渴望相违背。一个公开活动中，有人曾问我："你认为世界上有永恒的爱情吗？"我的回答是："可能没有，但一定有永恒的爱情故事。"我记得提问的女孩，一下子整个脸庞明亮了起来，但很快又陷入了忧郁的深思。她的这种反应，很好看，也有意思，正如爱情：瞬息万变，无人可定义。

其实《爱情万岁》歌唱的也不只是爱情，你还想表达哪些情感？

你说得对。虽然歌名"很爱情"，但爱情在歌里面基本上是缺席的。你不觉得，当人们喊出"万岁"时，实际上只是对过去事物的凭吊和追忆吗？但不管如何，对于这些，人们还在怀着爱和希望。这首歌想要表达的也许就是这个吧。

创作有时候就像是布下一个谜，等待有缘人来解开。你问我表达了哪些情感，我希望自己的这些作品是开放、富有想象的，听者凭自己的情感、经验去找对应的情感和线索。

"旅行"也是你作品中的一个关键词,你喜欢怎样的旅行方式?

我比较喜欢漫无目的地游荡——我的目的就是漫无目的。不过,还有另一个至关重要的目的,那就是:我之所以出门旅行,是因为我知道我一定要回来的,"旅行是为了回来"。这么说来,怎样旅行并非很重要,再说旅行本身就是未知,遇到谁、发生什么一概无法预知,正因如此,它才吸引人吧。

旅行中的哪一部分最能引起你的兴趣或是思考?是遇到的不同的人、风景,还是其他?

旅行,是另一种"阅读",阅读人情和山水。所以,在途中遇到的一切,也有进入书本的感觉。阅读一面湖泊、一个(黑道人物一样的)赶路者、一只掉队的飞鸟、一个陷入爱的狂喜的女子、一个体面但悲伤的上班族、一个惊慌失措的负心郎……

我的文字随笔集《书旅人》里面谈到一些属于个人的"人文之旅",有很多朋友在里面产生共鸣,甚至认出自己。有一次,一位朋友带小女儿坐火车去新疆旅行,他一路读着《书旅人》,看到我所说的"阅读人情俗世、一山一水时",马上发了一个微信给我:此刻,我正阅读女儿熟睡中的脸庞……

旅途中,因为一切都是不确定的,视野完全开放,它使人敏感、多情。不过一旦踏上旅途,我不会去想很多,只是本能地身体力行。但一段旅程结束,总会产生写作的欲望,经历过的人事一点点跳跃到眼前。《像艳遇一样忧伤》《澜沧江》《武汉这些天一直在下雨》《傻瓜旅行》《海边的告别》等,都是某段旅程结束后完成的。

近期最让你难忘的一次旅行是怎么样的？

每次出门，总会有一些时间花在寻找旧书店淘书上。有一次在西南一家二手书店，我看到一位罗马尼亚作家写的《假想之旅》，可就在我把手伸过去的时候，另一个人同时把手也伸了过去。怎么办？对方是一位女性，我想我应该礼让为先，对吧。后来发生的故事挺难忘记的，我把书给了她，她说一年之后，老地方见，她会把书带来给我，这个提议和她本人一样对我具有一些诱惑力。我说："好！"然后干脆利落地说了一声"再见"。现在我告诉你一个很"不幸"的事情，那座边陲小城的朋友告诉我，那家旧书店关门了。不过我觉得这也很好，要是到了约定时间真的见面，又会怎么样呢？并且书名《假想之旅》也冥冥之中决定了一切。

你认为爱情会有年龄的限制吗？比如到了什么年纪，也许爱情这件事就不重要了、不可能发生了？

现在，我多希望自己是个爱情专家啊！可是我不是，所以真不知道该怎么回答。爱情的到来，也许跟年纪关系不大，它的到来，和其他任何事物一样——包括幸福和灾难——总是会猝不及防！还有爱情这种东西，像一个什么动物？比如猫，你一上去套近乎，它就跑；你对它爱搭不理的，它却慢慢移步到你身边来了。

哪一个文学作品里的爱情给你的影响最深？为什么？

这时候我想到的是毛姆的长篇小说《人性的枷锁》，但主人公的爱情并不顺畅，也不怎么美好，而是在爱情里摔了一个又一个跟头，充满了背叛、欺骗和沮丧。很多文学作品之所以迷人、富有深刻性，吸引人们进入其中，就是因为作者描写了种种真实的、复杂的、美好的又残酷的人性，这一切通过主人公的情感、爱情故事带出来。甚至有人说，一部文学史，就是一部"通奸史"。想想，哪一部经典文学作品里没有充斥着这些呢？《安娜·卡列尼娜》《包法利夫人》《红字》《洛丽塔》《邮差总按两次铃》……不过，不管如何，残酷也好、悲观也罢，总是阻挡不了人们追逐美好的、纯粹的爱情。

写了这么多关于爱情的歌，哪一首的创作过程最难忘、最不同？

我写的真正的爱情歌曲，如果有的话，也很少，只有一两首。《再见了，最爱的人》这些早期的，其他的作品，谈不上是人们普遍意义上认为的爱情歌曲。关于这点，著名乐评人李皖先生专门为我写过一篇《欲念成歌，爱情万岁》，一上来他就说："与在爱情中标榜圣洁的做法不同，钟立风的情歌总有一部分会向着情欲敞开大门……"后面他写："钟立风的情歌，哪怕是想象、抽象，都仍在歌唱着情人间的具体事物。永远永远，不是男人对女人，而是一个男人对一个女人；大多数时候，是一对男女之间一件具体发生的事，特别是，充满尴尬和磨难的事。而爱情的普适性，就这样一遍遍地响起，混和着情欲和爱，日常和奇迹，生活与诗歌……"

出生于 1994 年 7 月 11 日,陕西西安人,现居北京,毕业于重庆大学。曾参与过网易云音乐"新声音量计划",代表作《一个人》累计播放达一千五百万次,评论五千+,2018 年获得 Q CHINA 2018 年度盛典年度推荐新人奖。

代表作
《一个人》
《忘了时间》等

刘洋

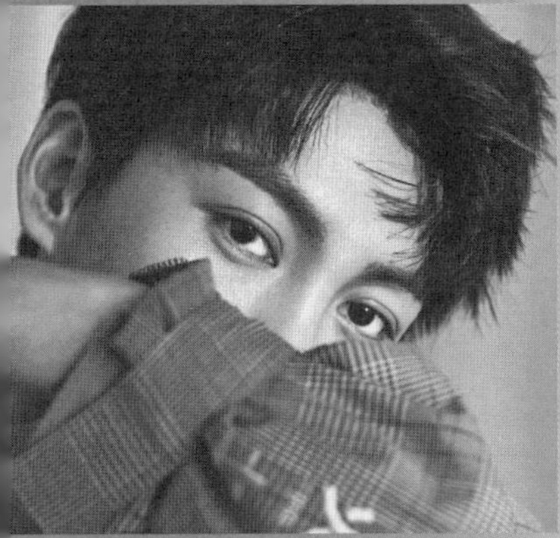

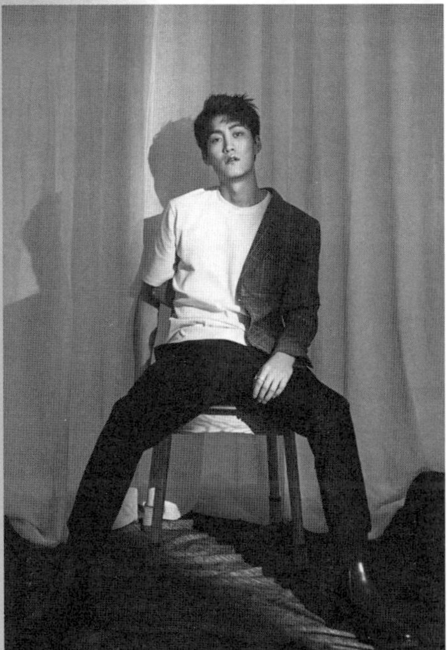

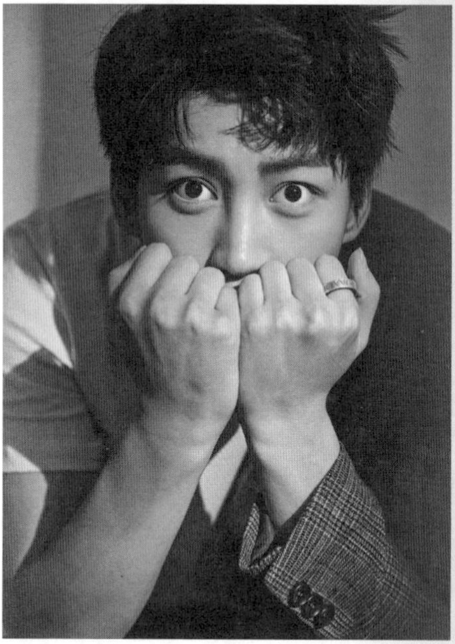

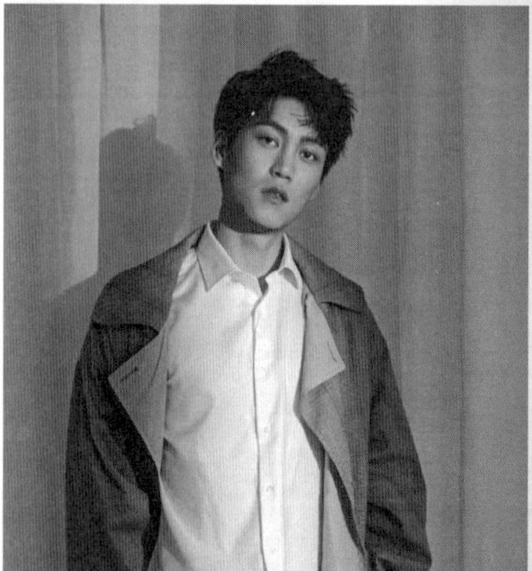

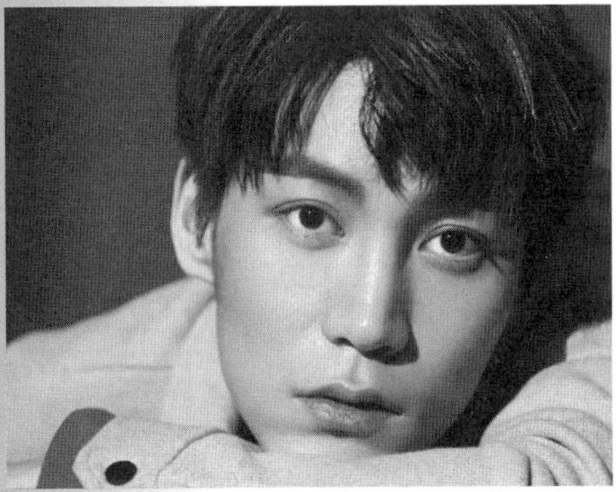

这个1994年的男孩儿说：我想结婚了

"一个人大于一个人，一个人享受寂寞；一个人喜欢一个人，人群中也很难找到我……"

当低沉的男声缓缓唱出内心的独白，一瞬便击中了无数孤独的灵魂。究竟在感情中经历过怎样的跌跌撞撞，才会唱出这样的遗憾与释怀？

很难想象，这首戳心的歌，演唱者是一位1994年出生的大男孩，他叫刘洋。

刘洋是影视表演科班出身，虽然有丰富的表演经历，但他没有把自己的人生界定在某一个领域，而是成为了一个"斜杠青年"。刘洋从小就喜欢唱歌，怀着热爱和好奇，他学习了吉他，从此，音乐便成了他生活中不可分割的一部分。

最初，他只是在一个人的时候唱喜欢的歌给自己听。后来，他通过网络把歌唱给更多的人听，让许多人记住了这个独具辨识度的声音。

在网易云音乐"新声音量计划"的帮助下，刘洋又向着自己音乐上的小目标迈近了一步——拥有了两首属于自己的作品。他演唱的《一个人》和《忘了时间》，一经发布便迅速引起了听众的共鸣，在快节奏的都市生活中，每个为了梦想打拼的年轻人，或许都能从他的歌声中听到自己所经历过的快乐与哀愁，继而得到慰藉。

音乐中的刘洋敏感而细腻，生活中的他，却有许多反差。高高的个子，穿着干净的衬衫和牛仔裤，他有着偶像剧男主般的帅气外表，脸上挂着明媚灿烂的笑。可在这样阳光的外表里，却住着一个"老灵魂"。

刘洋喜欢刺激的极限运动,上中学时他曾经去美国交流读书,跟着当地的寄宿家庭一起滑雪、跳伞、开直升机;现在,他更享受一个人放空的时光,唱唱歌,逗逗猫,把日子过得很"佛系"。

他做演员、做音乐人,尝试五花八门的新鲜事物,也拥有很多年轻人羡慕的自由和潇洒;可如今的他却说,自己已经开始向往稳定的家庭生活,渴望一段可以走向婚姻的爱情。

读书时,为了追一个喜欢的女孩,他会花尽心思在学校天台摆满蜡烛去告白;现在的他却说,很难再做出这样的"傻"事了,因为现在想要的感情,已经和从前不一样了。

"自己年纪也不小了,这个阶段如果再去谈恋爱的话,更希望能有一个结果。"出乎很多人的意料,面对感情,刘洋显得小心翼翼、万分谨慎,"现在我已经不太想单纯为了追求恋爱的感觉,和一个不合适的人浪费时间。"

他所向往的爱情,没有偶像剧中的浪漫桥段,而是像他在《忘了时间》中所唱的:"牵着爱人的手漫步在海边,就这么静静地往前走,忘记了时间……"

这个男孩儿的爱情观和婚姻观,原来比想象中更加传统。

采访及撰稿人:王宁(民谣故事)

Q & 1/2/3/4/5/6/7/8

Q

&

A

看到外表，大家都会觉得你是一个阳光大男孩，但是听到你的声音，很多人会觉得这个人好像比较深沉稳重，你自己真实的性格是怎样的？

我其实还是挺稳重的，但是有时候又有点神经质。很多身边的人说我的想法和实际年龄不符，和很多同龄人也不太一样，身体里住着一个"老灵魂"。我也比较喜欢和比我年长的人交流，更能学到东西。

平常一个人的时候怎么打发时间？

健身、录歌、逗猫、直播，都挺好的。没有安排的一天，我会睡到自然醒，然后给自己做饭，再自己看个电影，逗逗猫。平时一个人在家唱歌的时间比较多。

你还喜欢极限运动，对吗？现在一个人也会去做这些刺激的活动吗？

我是误打误撞接触了极限运动，那还是在上中学的时候，参加了学校的交换生项目去国外，我住的寄宿家庭喜欢极限运动，他们做什么都带上我，最开始是带我滑雪，一上来就去高级雪道。最疯狂的一次，他们竟然带着我去开直升机，我坐在副驾驶，现在想想还很刺激。不过回国之后这样的机会少了很多，希望能带未来的女朋友一起去体验。

爱情观有受到父母的影响吗？

有！我的爸妈感情就特别好，所以我成长在一个特别有爱的环境里。父母也很希望我能早点结婚成家，从去年开始我爸已经"催婚"了！不过他们对于我的感情还是特别开明的，初中时候女同学给我写的情书我妈现在还留在家里，一回家她还总拿出来调侃我！

上学的时候你有喜欢的女生吗?

追过班里的一个女孩子。长得也不算是漂亮的程度,但是个学霸,戴眼镜,斯斯文文,特别乖。那时候班里很多男生喜欢她,我就纳闷:怎么我不追她的时候你们都不追,我一开始追她,就有这么多竞争对手?

那你后来赢过这些对手了吗?

这还有一段故事。为了她我当时写了一首歌,现在已经忘记了,但那是我人生中的第一次音乐创作。当时脑汁都快绞尽了,黑灯瞎火在宿舍里拿着吉他摸索,现在听起来一定是好傻的一首歌。

为了跟她表白,我跟我爸预支了一个月的生活费,买了好多蜡烛,在学校的天台上摆了一个心形图案。其实学校的规定肯定是不允许这么做的,但是偷偷摸摸地,也有很多同学帮我一起向她表白。等到晚自习结束之后天黑了,我就把那个女生叫到顶楼,让她往下看,当时她就被感动哭了!

结果,我们"在一起"十几天就分开了,现在想想那时候根本不算谈恋爱,也不叫在一起,但是这段回忆一定是只属于那个时期的,再也没有机会可以复制重来。

现在如果遇到一个特别喜欢的女生，你还会这样花心思地去追吗？你向往的爱情是什么样的？

我现在已经不会了，因为单身时间太长了，根本不会追。如果真的有特别喜欢的人，就直接问她："你愿意和我在一起吗？"这个年纪，已经"佛系"了，爱情都是顺其自然，如果去追一个不喜欢自己的人，再多心思也是白费，但如果两个人真的相爱，最终会走到一起，不需要太多形式感的东西。

学表演时你还出演过话剧《暗恋桃花源》，剧中江滨柳和云之凡的爱情是你向往的样子吗？

肯定不是！一别几十年，两个人都各自有了各自的家庭，再见面的时候，四目相对全是眼泪，太可怜了！但是我能理解那个年代的爱情，只能靠书信往来的时候，两个人真的可能一别就是几十年，甚至一辈子，不像现在科技这么发达，一张飞机票、一张火车票就能立马到你的身边。

其实最开始演这个剧的时候，我们这些年轻人也不懂这些东西，但是在演了很多场之后，渐渐才明白了，其实这两个人一直都爱着对方，只是时间和命运阴差阳错。我理解这个故事或许还有另一层意思，就是跟你走到最后的也许不是你爱的人，而是适合跟自己生活的人，至于你爱的那个人，把他永远藏在心里就够了。

爱她，不一定非得跟她在一起，当她跟你在一起的时候，说不定她就不是你喜欢的那个样子了。有时候，把她远远地放在那里，远远地看着她、祝福她就好。当你近看的时候，也许一切就变了。

新锐民谣歌手，独立音乐人，词曲作者。从长发到短发，从碎花裙到吸烟装，在酷与冷静的包裹之下，是她温柔、真诚的灵魂。喜欢情歌，曲风细腻委婉又真挚勇敢。保有独立的思想和态度，没有被漫天的商业化吞噬，是一个清澈、优秀的"90后"唱作人。一个男人一首歌有时候也写给姑娘，每个人心中都有个唱歌的姑娘，希望她是你心中的那个姑娘。

代表作
<u>《原始人的情话》</u>
<u>《喜乐处》</u>
<u>《这种念头》</u>
<u>《风车》</u>
<u>《六》</u>等

赵美丽

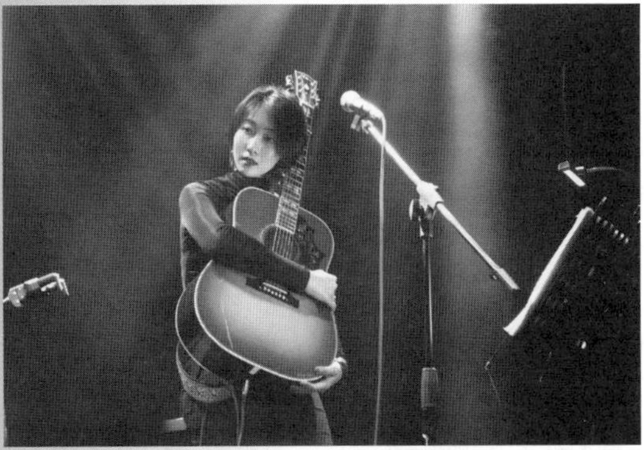

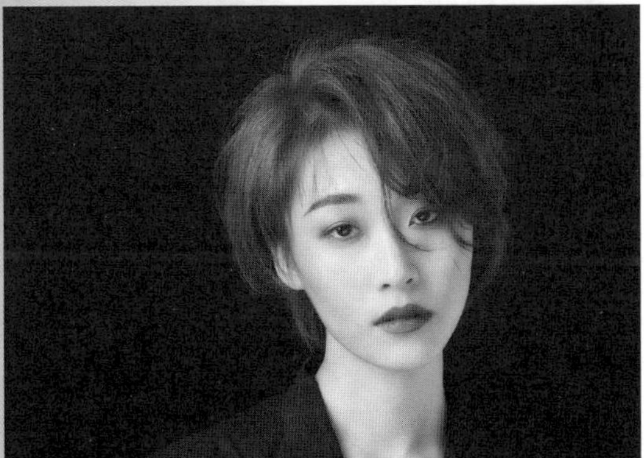

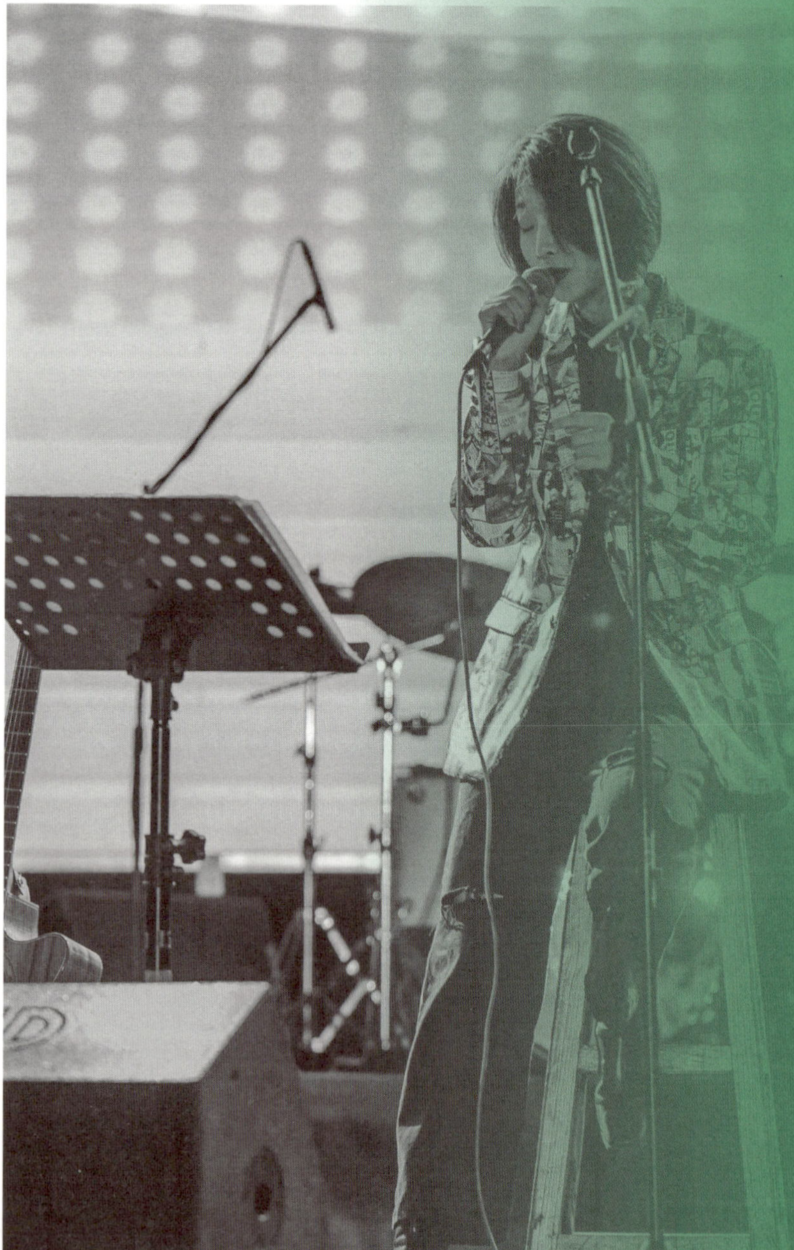

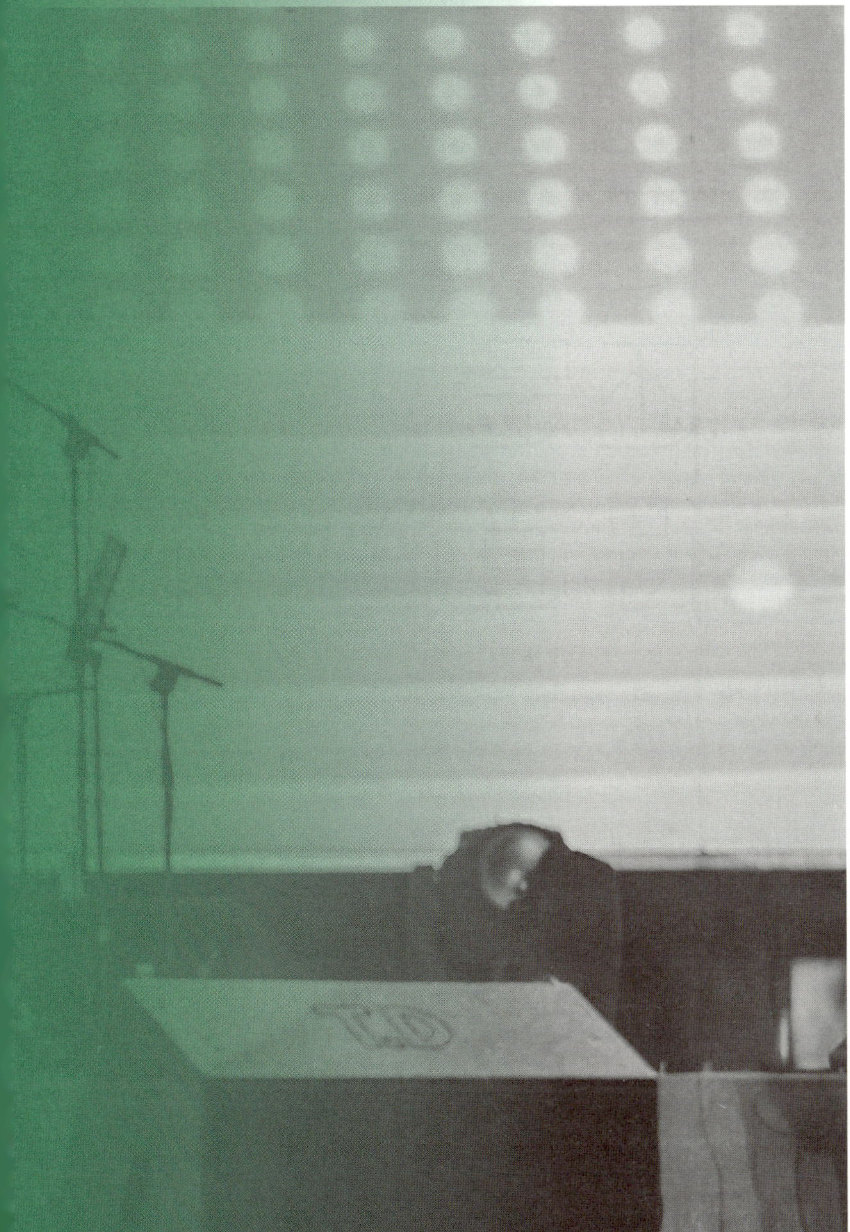

人来世界走一遭，
还是得逍遥

一头短发,个子高挑,喜欢涂红唇,不太爱笑。

初识赵美丽,发觉她的音乐和她本人的气质十分相符:这个女孩儿有点儿酷,有点儿飒,敢爱敢恨,敢拼敢闯。

从她写下第一首歌《无悔》开始,这股洒脱的劲头便已深入骨髓:"再别说爱不爱别拖累,别再问对不对。我要痛要疯要自由,我只要飞,我不后退……"再后来,她唱着"人来这世界走一遭,还是得逍遥",仿佛天不怕地不怕,被朋友们冠上了"民谣女土匪"的称号。

的确,她拥有属于自己的"江湖",勇敢到似乎不需要任何人去保护。

赵美丽曾经觉得,只要自己足够勇敢,就可以得到想要的幸福。所以,她可以为了一个人一腔孤勇地飞到一个完全陌生的城市,可以为了爱而不计后果地付出她能够做到的一切。可日子久了才慢慢发现,原来有的爱情,并不是努力和勇气就能够换来的。

身边的朋友们常拿她调侃,世界上最难搞定的事就是赵美丽的爱情。就连她自己也说,她经历过的爱情往往并不甜蜜,直到现在还经常把一段感情搞得一塌糊涂。

但是,她依然未对爱情失去信心,也未失去这份对爱情的勇气。失恋了,喝一场酒、旅一次行,时间自然会让伤口愈合,伤痛也可以带来成长——就像因为一次失恋而剪掉了长发,却意外发现了更适合自己的发型。

带着对爱的信念和憧憬,她把关于爱情最美的幻想都写进了歌里:"风从海面吹来,吹来我的期盼,你就迎面走过来,带着花海开在我无人的岸。"如今,她依旧相信这样美丽的邂逅可能发生,相信人世间存在着命中注定,相信人与人之间奇妙的缘分与牵绊。

就在不久前,赵美丽在一次旅行中意外邂逅了多年没有联系的小学同学,跨过漫长时空的两个人重新在旅途中相遇,仿佛上天注定的梦境一般神奇。这样的缘分让爱情萌生,他们一起回到了童年时一同学习成长的地方,一起去彼此家里吃饭,一切场景都是那么新鲜又熟悉。虽然男生很快要出国读书,但赵美丽却相信,他们的未来是闪闪发亮的。

原来,"女土匪"并不是天生彪悍,她只是在跌跌撞撞之后练就了一身自我保护的本领,在披覆的坚硬铠甲背后,美丽的心却始终被爱包裹,敏感又温柔。

采访及撰稿人:王宁(民谣故事)

Q & 1/2/3/4/5/6/7/8

Q

&

A

"民谣女土匪"这个称号是怎么来的?你觉得符合你的真实个性吗?

哈哈哈哈……这个称号的来源可能是我爱喝酒,我本身是东北姑娘,我演出的时候还喜欢"怼"粉丝,可能也包括我的穿衣风格看起来很"社会"。我觉得"女土匪"的称号无所谓,虽然听起来不是太好听,但是小的时候我的确有行侠仗义的武侠梦,如果能做一个除暴安良的好"土匪",给人音乐上的慰藉,我觉得也 OK 啊。

《原始人的情话》这首歌的画面特别美:"风从海面吹来,吹来我的期盼,你就迎面走过来,带着花海开在我无人的岸。"描述的似乎是一个关于邂逅和初见的故事,背后有什么故事吗?

写这首歌的时候,我有个很喜欢的男孩子,和他相处的时候我们就像两个天真无邪的小孩子,成年之后很难遇到能给我这种感觉的人了,就想着给他写一首歌。

古代的时候车马邮件都很慢,一生只能够爱一个人,一句情话翻山越岭要数月才能送到心爱的人身边,即使是这样,还有那么多人一生在坚持着爱情。那既然古代都这样了,我就想,原始人会如何表达爱呢?我希望能有这样一个人从海对面的一座孤岛上向我走过来,他走到哪儿,哪儿就开满了鲜花。

虽然这首歌写完,我和那个男孩子就没有然后了,但也是美好的回忆。

你有过难忘的邂逅吗？
是什么样的经历？

每一段邂逅都很难忘，我十分相信缘分。最难忘的邂逅大概就是我去年去深圳看朋友演出时遇见了我的小学同学。他在我们班读了一年，五年级就转走去了深圳。我们十几年没有联系却这样突然相遇了，一切都像梦境一般迷幻却真实发生了。

之后我们在一起了，短短几天的相处却让异地的我们每天无时无刻不在联系。我们一起去澳门玩，一起看长白山天池，一起回到家乡看我们的小学，去彼此家里吃饭。他马上就要出国读研了，我们会离得更远。但我内心竟然觉得未来在闪闪发亮，彼此的坚定让我更有勇气。

我觉得能成为亲人、朋友、爱人都是特别的缘分，能相遇就很不容易，人不可能独活于这世上，有爱才完整，所以一定要珍惜。

其实你的很多作品都和
爱情有关，爱情是你创
作的主要动因吗？

怎么说呢，创作初期需要一种冲动，后期是积累。爱情是我创作灵感的导火索。我的恋爱很多时候让我觉得并不甜蜜，那我就自己写我想听的情话给我自己听，也给和我一样的姑娘们听。我始终相信爱情是美好的，要相信它。

创作过程中有什么特殊的习惯或者偏好？

我喜欢和有趣的人聊天,有新奇想法出现的时候我会记在备忘录里,回头整理成歌词。艺术审美是互通的,我也喜欢做很多看起来荒唐的事情,有时候我看到一些美好的画面或场景时会随口哼出一些旋律,把它们用手机语音录下来,回头整理成曲子。

还有哪些你的作品创作的背后是一段爱情故事?

我的歌大都是情歌。例如《风车》,讲的是和自己不同世界的人、不合适的人的爱恋。那个人就像远处山顶上的风车,用自己的频率旋转着。你想与他面对面,只能跟着他的频率和他一起转动才能保持相对静止,但这样你就容易失去自我。

你的很多歌其实也可以看作是专门写给女生的，作为男生，你欣赏的女孩是什么样子的？

我喜欢独立自主，清楚自己想活成什么样的女孩。有的女孩就喜欢以家庭为主，喜欢自己的生活围绕着老公和孩子，偶尔和姐妹打打麻将逛逛街，我觉得这也完全没问题，新时代女性也不一定就要多强多厉害。我觉得，需要我独立的时候我可以，家庭需要我付出的时候我也能退一步，做到这样是最棒的，开心就好。

"人来这世间走一遭，还是得逍遥。"这是你追求的人生态度吗？现在，你每天的生活状态是什么样子？

对啊！人活着多不容易啊，那么多烦恼、那么多琐碎的事，就连去喝酒我都要选一会儿先喝哪款。写首歌要考虑大家喜不喜欢听、会不会火，算了吧，真的，随意一点也许会有想不到的惊喜。

在别人眼里看来，我是在做我喜欢做的事情，都很羡慕我，但我压力其实是很大的。很多独立音乐人都是有一份稳定的工作再同时做音乐的，鱼和熊掌不可兼得，如果我想要稳定的收入和工作，那么有些演出就必须要推掉。做音乐时间长了也发现自己慢慢地不会做别的事情了。可我只想做音乐，我想过放弃，但也没法放弃。我喜欢唱歌，我享受在舞台上的"上帝视角"。既然怎么样都要活着，就让我继续这样吧。

内地唱作女歌手,非便利贴女孩,用原创"告白"歌迷,想每晚在耳机那端对你说"古奈"的情话小王子,如果你是初次遇见她,请你的耳朵多多关照。

代表作
《告白》
《小事》
《小小王子》等

王欣宇

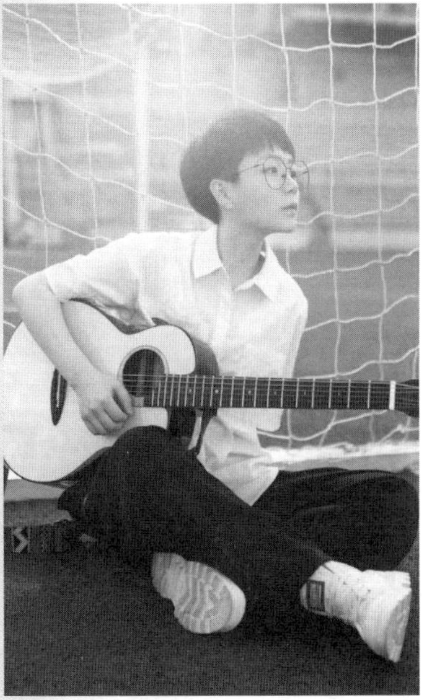

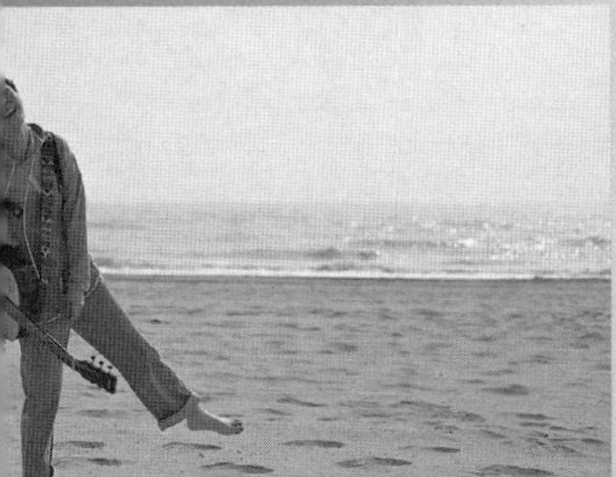

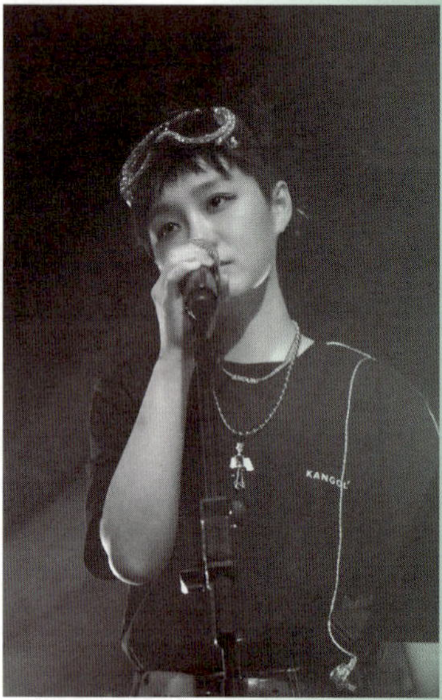
KANGOL

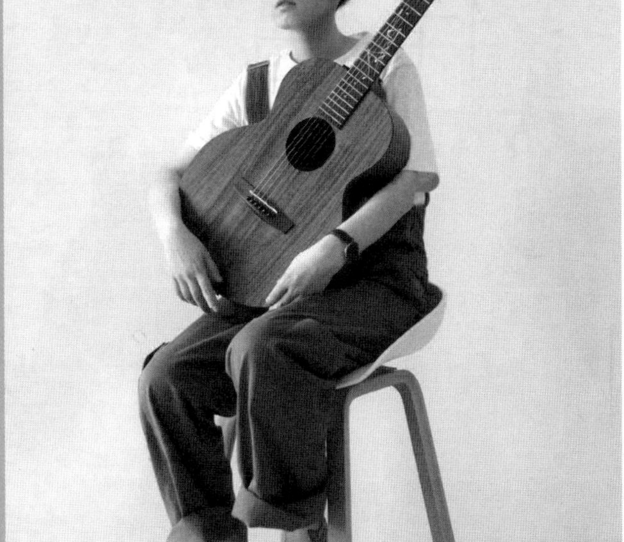

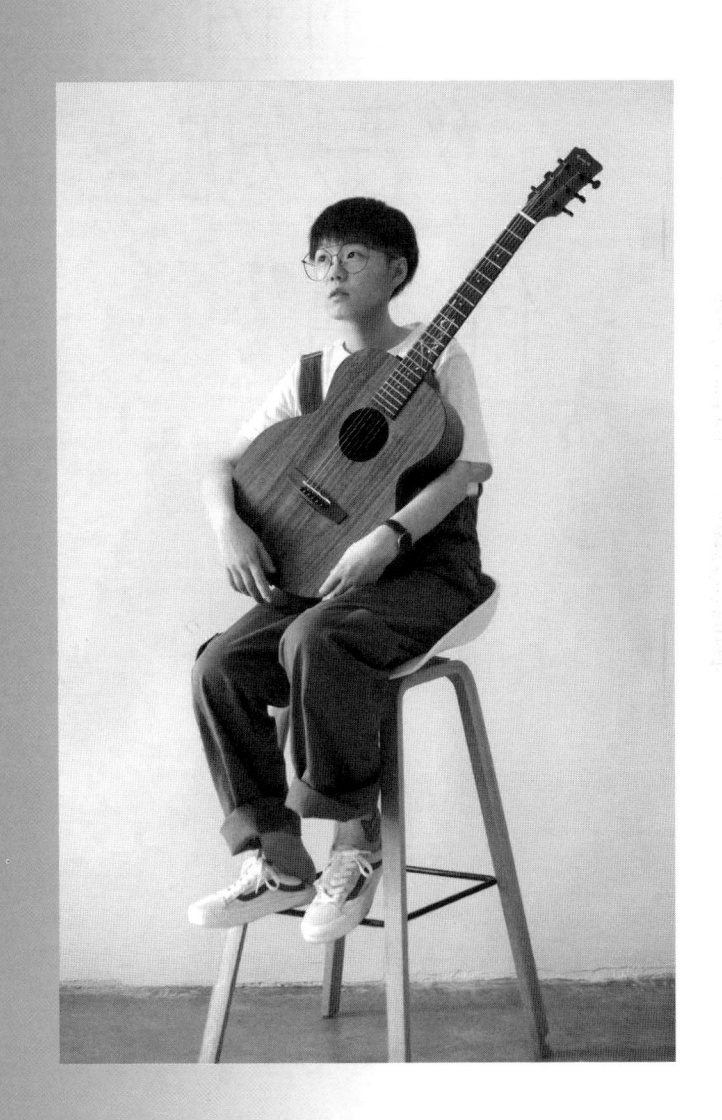

谢谢你,"灵魂伴侣"

已经记不清楚第一次听你唱歌是在什么时候，大概是《波斯猫》那个阶段吧，时间过得真快，那时的我好像还在上小学。

虽然忘记了我们的初识，不过，我至今清楚地记得，是从什么时候开始被你彻底"击中"：有一次看到了一段 S.H.E 演唱会的视频，在唱《612 星球》这首歌的时候，我一下子就被你的声音抓住了——太太太清亮了！怎么会有这么好听的声音？！

在我看来，当时的 S.H.E 三个女生各有各的特点，Selina 甜美，Ella 酷酷的，可爱又帅气，而你呢，在我心中无法用一个简单的词汇描述：美好、潇洒、独立、个性，种种复杂又多面的特质混合在一起，才组成了这个独一无二的你。

从那时开始，我就想尽一切办法，找你所有的歌来听。上中学的时候，爸爸送了我一个 MP4（播放器），白色的外壳很漂亮，内存和画质却很"感人"……用它存了你们 2010 年那场演唱会的演出视频，就再也没有多余的内存空间了。但我还是把它当成宝贝一样，每天反反复复地看那几段表演，来来回回地听你的部分，这成了我住校时的精神寄托。

2010 年，你第一次以"田馥甄"这个名字发表了个人专辑，《To Hebe》《My Love》惊艳了很多人，但在我心里，这一点都不意外，用不同风格的音乐，唱着属于你自己的内心世界，你原本就是这样一个充满可能性的女孩啊！

也差不多是那时候，我刚刚有了自己的手机，于是就把手机直接变成了你的专属CD机。每到课间休息就像个疯子一样，捧着手机满屋子地公放你的歌，并且不厌其烦地跟身边的小伙伴介绍："你听，这是田馥甄！"

现在想想也有点好笑，我那时疯狂到给身边最好的几个朋友都买了你的新歌当作手机彩铃，这样只要我每一次给他们打电话，就能第一时间先听到你的歌。

2017年，我去看了你的演唱会。你知道吗，这是我人生中看的第一场演唱会，虽然离你的距离有点远，但是集中精力还是能看到舞台上你的表情。台下的我一边跟着你唱，一边热泪盈眶，也说不清楚为什么突然会哭，也许是因为第一次在现场看到陪伴了我一大半青春的你，所有情感都在一瞬间涌上来吧。

这些年，音乐中的你一直在尝试各种新鲜的想法与表达方式，但我觉得你没有变，你只是越来越像你自己了。

还记得很多年前在电视上看到S.H.E参加《快乐大本营》时，你们各自说了自己对未来的规划。Selina说想要演戏，Ella说想尝试主持，你说，自己只想唱歌。我想，你的这份热爱和坚持，是你带给我最大的影响吧。你让我看到，或许不必给自己太多的选择，能够坚持把一件自己喜欢的事做好，就已经足够。

你知道吗？其实在音乐上，你也潜移默化地

带给了我影响。(在这里还是偷摸期待着有天能够和你一起站在舞台上唱歌吧,嘿嘿!)

和很多你的小粉丝不同,我不了解你的生活,除了音乐,我甚至不了解你的一切。不过,我可以不用过脑子就把你的每一首歌唱出来,你也早已成了陪伴我成长的一部分。

你是我的信仰吗?是带我前进的目标吗?说起你来,好像没有什么特别的形容词,就像是植入我生活中的某种特殊成分,成为了存在于我渺小世界中无比重要的一部分。

我想,不如说你是我的"灵魂伴侣",我们彼此并不相识,却因为音乐而让我们的生命产生了连接。

谢谢你,我的"灵魂伴侣"。

采访及撰稿人:王宁(民谣故事)

069

Q & 1/2/3/4/5/6/7/8

Q & A

> 什么时候开始听田馥甄的歌?当时周围喜欢田馥甄的小伙伴多吗?你会给他们推荐自己的偶像吗?

真正开始注意到田馥甄是通过 S.H.E 的演唱会视频,当时我就觉得她的声音好好听啊,从那时开始我就关注了她。

我会给同学们播放田馥甄的歌,一到课间休息就公放!上中学那会儿住校,周末回家发现我爸给我买了个 MP4(播放器),想象一下,我爸一个超级直男审美的人,买的这个白色 MP4 看着光鲜亮丽、干干净净的,但是画质、音质以及内存,真的非常"感人"……我还是特别宝贝地存满了 S.H.E 2010 年那场演唱会的演出视频。那段时间,反反复复地看那几个视频,反反复复听她的部分。

> 为了她做过哪些疯狂的事?周围的人怎么说你?

我记得当时《My love》那张专辑刚出来,我就捧着手机满教室大声播放。我还给身边好几个小伙伴的手机买彩铃,全都换成了田馥甄的歌,这样我一给他们打电话就能听到《魔鬼中的天使》。他们都说我走火入魔了,哈哈。

第一次见到偶像本人是什么时候？

2017年在北京看她的演唱会。人生第一次看演唱会就选择去看了田馥甄的演唱会。一开始没买到票，后来好不容易买到了一张看台票，我的位置离舞台挺远的。从演唱会一开始，我就跟着她边唱边哭。对，我还哭了，好丢人，哈哈。

对于你来说田馥甄是怎样的存在？为什么说是"灵魂伴侣"？

她有一首歌叫《灵魂伴侣》，我觉得就像那首歌里面唱的，在我的心里她就是我灵魂上的伴侣。我其实不会去关注她音乐之外的生活日常，但我觉得在音乐上，她对于我来说算是某种精神支柱，就是灵魂伴侣。

从S.H.E时期的Hebe到现在的田馥甄，你怎么评价她的转变？

我觉得她更像她自己了，我记得当年S.H.E在电视节目上说过："我们是单飞不解散。"那时每个人都讲了自己以后想要的发展方向，她就说她想要唱歌。

她也的确一直在唱歌，所以我觉得她的歌声能感染到这么多人，既是因为她的性格，更是因为她的坚持。我觉得坚持是她身上最让我感动的点，也正是因为坚持，才让越来越多的听众看到了她自己的特点，让她成为不可替代的那个人。

现在你也是一位音乐人，为什么会走上这条路？

从小就喜欢唱歌，虽然家里没有从事这方面工作的人，没有音乐的环境，不过我还是很喜欢音乐。很小的时候就学了吉他，然后跟着吉他唱歌，就这样。我也记不清是什么时候开始坚定了做音乐人的想法。从十七八岁起我就开始唱歌了，十八九岁时，写了第一首歌，但是从来没有发表过，那个作品很青涩。

在音乐上你有受到田馥甄的影响吗?

有,比如说坚持。她没有给自己别的路选择,只有一条唱歌的路,就这样一直坚持下去,这就让我觉得,不要给自己太多选择,坚持做一件事情到最后,会有回报。我现在在自己做音乐的这条路上,也没有给自己其他的选择,而是决定坚持做好这件事。

希望自己的音乐能够带给歌迷什么?

希望当他们在某个时期或是某种状态的时候,需要我的音乐陪伴。当他们的某些情绪无法表达的时候,听到我的音乐,会觉得这唱的好像就是自己。希望我的声音能够陪伴他们,成为他们生活的一部分。

中国内地乐队。曲风清新洒脱，歌曲富有正能量。音乐风格多样，不拘泥于固定表现形式，注重民族音乐元素的融合。他们在演出现场活力无限，十八般乐器信手拈来，风趣幽默，相声与段子齐飞。他们一路走来，用心歌唱，不忘初心，永远在路上。

代表作
《布谷鸟》
《小嫦娥》
《晚安合肥》等

安子与九妹

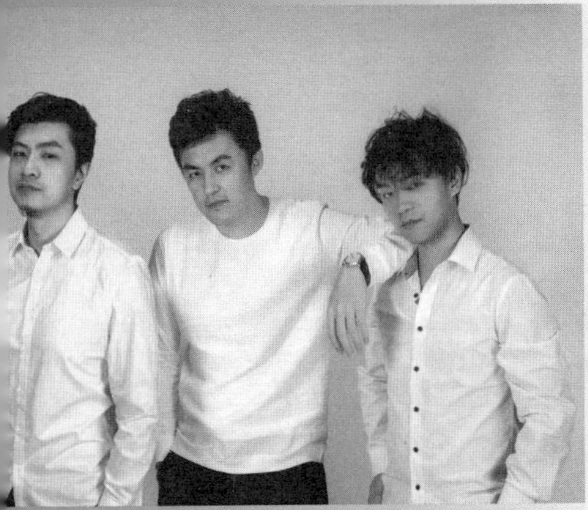

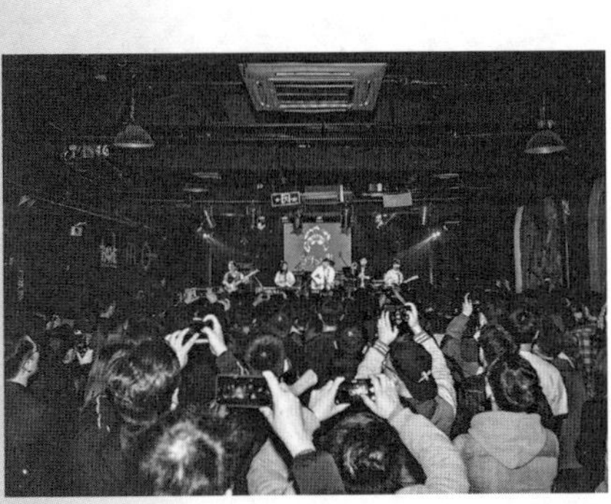

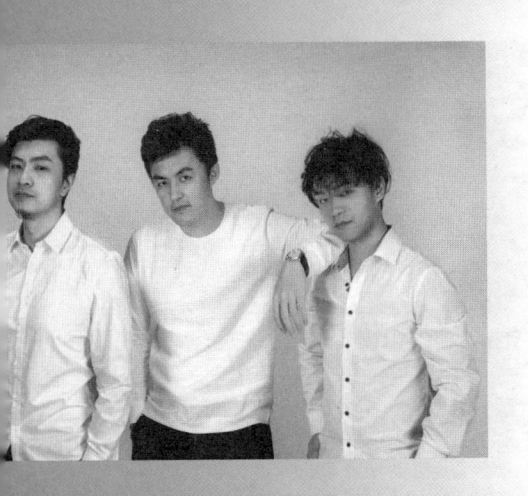

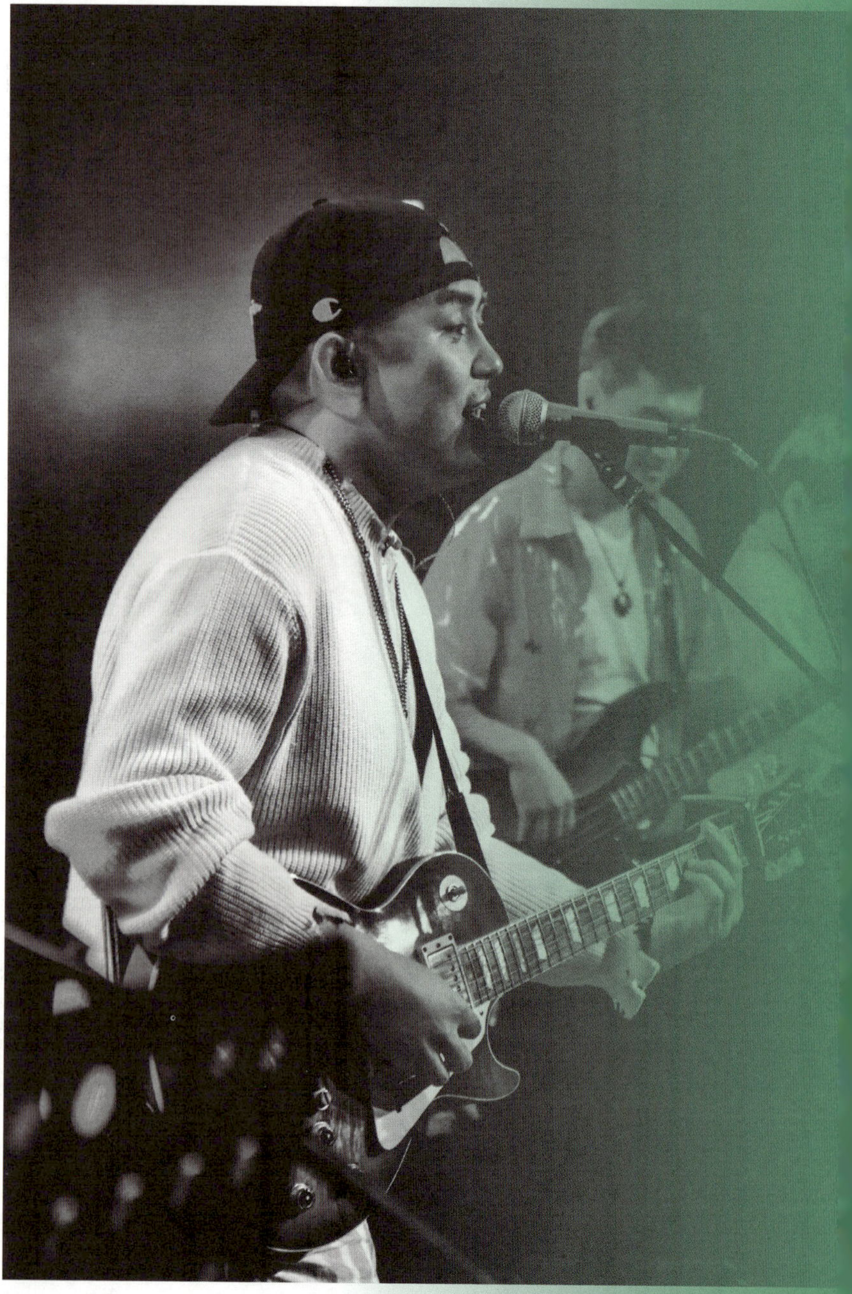

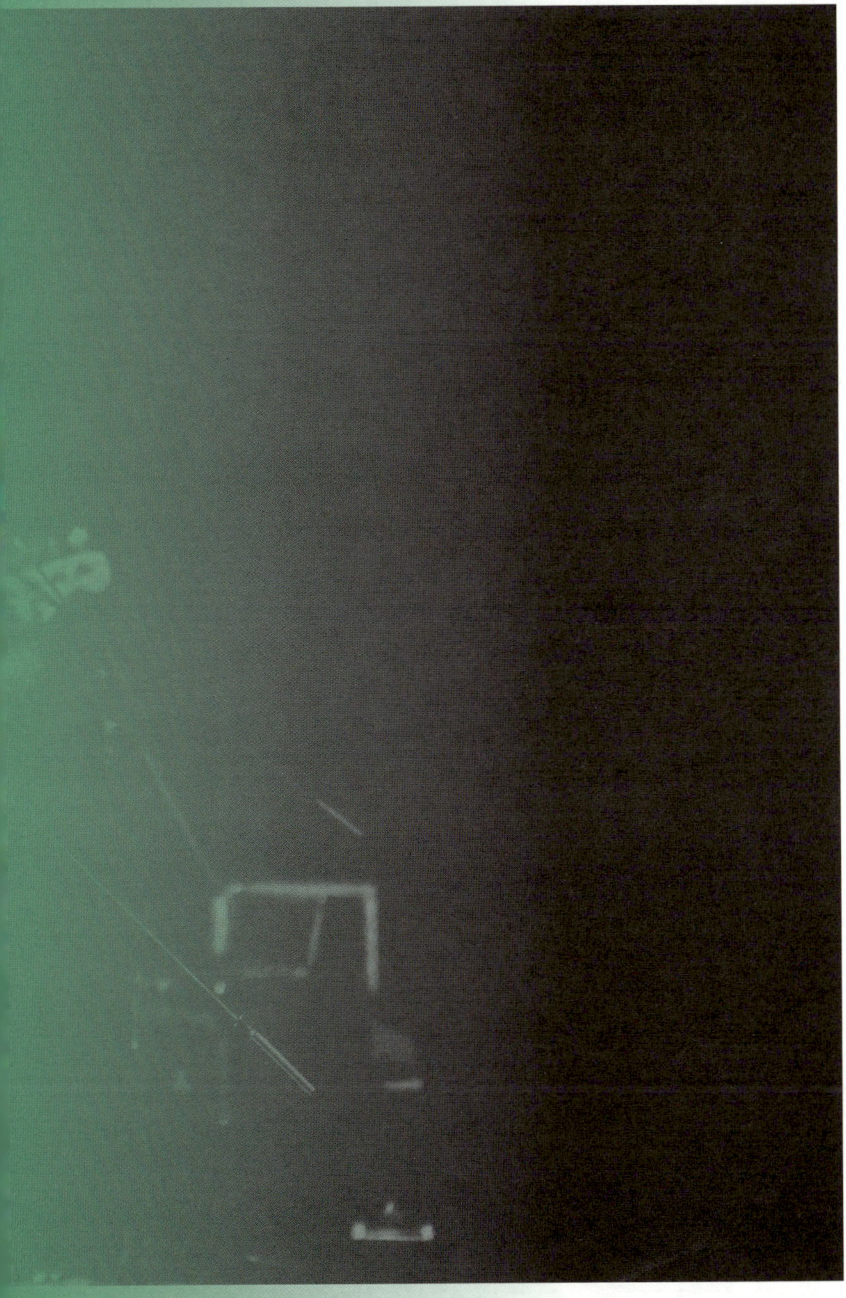

我们是喜欢热闹的"群居动物"

听安子与九妹的音乐，再悲观的人也会不自觉地想要嘴角上扬。

这支2011年从校园走出来的乐队，聚集了一群浪漫又可爱的"性情中人"：安子、九妹、可爱。

民谣、民族、摇滚、巴萨诺瓦……他们从不拘束于风格，一直唱着想唱的歌，做着有趣的事，在音乐的世界里构建着属于安子与九妹的小宇宙。他们时常将自己幻化成歌曲里的主人公，在平行时空和千奇百怪的故事间穿梭。

在他们的时空里，爱情没有苦涩，只有蜜糖般纯粹又简单的甜蜜。

《小嫦娥》中，他们唱着欢快的民族风小情歌，描绘出一幅幅乡间静谧的景色。秀色湖光三十里，清风拂过白云……时光飞逝了三十年，当初的恋人依旧幸福美满，童话般简简单单的生活："花花世界匆匆过，爱情不用考虑得太多。"

《夏日牧歌》中，他们又构造出了一片自由自在的世外桃源。这里没有钢筋水泥城市中的烦恼，只有穿上碎花裙的姑娘和骑着马儿的小伙。远方是一望无尽的绿野，头顶是碧蓝浩瀚的星空，眼前只有那个世间唯一深爱着的人。

听着这样快乐的音乐，哪还需要去担心什么山高路远、艰难险阻？再遥远的海誓山盟，都比不上彼此完全拥有的此时此刻啊！

不管生活中受困于爱情还是梦想，似乎总能够在安子与九妹的音乐中忘记烦恼，在解不开的混沌中看到一丝光亮,就像他们所唱:"我心中有团火,想温暖你心窝。"

这样热闹的一群人,在生活中一定都不甘于"一个人"的寂寞吧?当面对我们抛出"一个人还是两个人"的选择题时,乐队成员们的答案却有些出人意料。

爱情、婚姻、人生,在这样宏大的问题面前,他们都能够以最简单朴素的哲理来轻松揭开谜底。

原来,即便现实世界不可能完美,即便再快乐的人生也要经历意想不到的坎坷,在安子与九妹的心中,童话和爱情,却一直都在。

采访及撰稿人:王宁(民谣故事)

Q & 1/2/3/4/5/6/7/8

Q & A

听安子与九妹的音乐和现场，会觉得这是一群特别"嗨"的人，私下你们真实的性格是什么样子的，都有什么爱好？

安子：我们几个人性格大体相似，大家都是比较好玩、好喝、好唱歌的性情中人。具体的细节区别是，我除了音乐以外还挺喜欢动漫的，我研究生阶段是学设计的，最近也在学画画。可能由于是大西北出身吧，我的性格比较奔放一些，以前比较喜欢喝酒，现在是不太能喝了，不过还是喜欢跟大家一起玩的那种氛围。

九妹：我除了音乐工作之外，爱好也有很多，我是学理工科的嘛，以前比较喜欢玩电脑游戏，也喜欢搞一些软件上的东西。不过我们做音乐这行的要学的东西太多啦，学完、工作完之后，实际上就没什么时间娱乐了。

可爱：我没有什么特别的爱好，除了音乐之外，也就打打游戏，然后偶尔去吃吃火锅。我们平时工作还蛮忙的，所以没有特别多的时间去消遣。

安子不喜欢一个人的状态，对吗？

安子：其实我可以一个人干很多事，可以一个人一直生活很长时间。我曾有一段时间是北漂嘛，就是自己做饭，自己跑场，自己洗碗洗衣服，然后自己生活。

九妹：那是形势所迫！

安子：也不是形势所迫，其实当时我可以跟人合租，但是我没有想去跟别人住在一起，那时是因为想要刻意地去体会一个人的那种寂寞感，并且马上就习惯了这种一个人的生活。

那为什么后来不喜欢这样一个人了？现在一些年轻人开始更向往一个人自由自在地生活，不想要承担两个人在一起的责任或是负担，所以宁愿不去恋爱、结婚。你怎么看？一个人和两个人，哪种生活方式更好呢？

　　安子：我骨子里还是比较喜欢热闹的，群居性动物。带有消遣娱乐性质的事情我一个人都不会去的，比如说去旅游，哪怕是再好的地方，我一个人也不会去，旁边没有一个人分享的话，会没办法交流，没办法互相体会。看到非常美的景色会说："哇，这景色好美！"我旁边必须得有人听我说这句话。"哇，你看这个水，你看这个山！"我旁边要是没有人可得把我急死！

　　一个人好还是两个人好，这个问题不能一概而论。如果是一段失败的婚姻或者一段低质量的爱情，那不如没有。但如果确实碰到自己喜欢的人，那肯定是两个人在一起互相弥补更好。毕竟我们的天性是需要异性安慰的，不管是生理上还是心理上，天性如此。

　　因为现在这个社会环境，随着经济的发展，一部分人可以即使不结婚也能获得很好的生活物质条件，这也是多了一个选择吧。但是我觉得这个选择一定很难成为所有人都选择的道路，它只是种可能性。

你提到了"低质量的爱情"，那么相对应的"高质量的爱情"是什么样子？理想的二人世界的生活是什么样子的呢？

　　安子：灵魂上和精神上要志趣相投。虽然外在条件也很重要，但灵魂上如果能达到水乳交融，两个人的是非观、价值观一样的话，就会有共鸣感。

　　尤其是"是非观"里面的"非观"：你喜欢的东西他可以不喜欢，但你讨厌或者认为不对的东西或人，他一定也要认为是不对的。有这种认同感，灵魂上就会有一种默契的感觉。两个人在一起，傻都傻到一个方向，其实就是这种是非观、价值观统一的表现，所以我觉得灵魂上的契合更重要一些。

再说具体点，比如在这种你向往的"高质量的爱情"里，你会希望另一半也懂你的音乐，在音乐事业上也能够和你灵魂契合吗？

安子：如果可以的话那最好了，我不会强求我的另一半也必须是一个非常懂音乐的专业方面的人才，但是她在情趣上一定要跟我保持统一。比方说我喜欢搞音乐，那她不能是一个讨厌音乐的人，最好是能够热爱音乐，或者说是热爱我的团队，热爱我的事业。

没有人的路是一帆风顺的，总会有坎坷或者困境。在遇到困境的时候，她会一如既往地支持着你，她可以不是同行，但她必须热爱。

哪首歌最能够代表你们心目中的爱情？

安子：我觉得可能就是《小嫦娥》或者《夏日牧歌》，因为这两首歌里面那种爱情都很美好，是很童话、很浪漫的爱情，体现的也是一种比较纯真无瑕、比较纯粹的爱情观。

爱情或是婚姻其实都是人生可能性的一部分,但它并不是全部。尤其是当你的人生突然遇到某一个转折的时候,可能你的爱情观、人生观都会产生改变。很多歌迷都知道安子去年患上了急性白血病,在经历过这样一个磨难后,你看待生活的想法会有所转变吗?

安子:对,肯定是有的,毕竟发生这么大事情,对每个人来说,心理上都会造成很大的触动。这种触动会影响到你的价值观、你的方法论、你的世界观。自从得了这病以后,很多以前想不明白的事情都想明白了。你会觉得有些以前很看重的东西都不是很重要了。有些以前感觉不是很重要的东西,你会看得非常重要。对于很多事物、很多人的看法都会改变。我把朋友圈里的很多人都删掉了,因为我没有精力去照顾一千多人的想法,或者说没有精力去关注他们。我希望用我自己更多的精力、时间和生命,去关照、去关心,或者至少是关注到我想关注、值得去关注的一些人、一些事情。

以前可能还会想着面面俱到,想把任何事情都做得圆满一些、周到一些,但现在觉得没有必要了,把自己值得去做,或者值得去思考的事情做好就行了。

在治疗的过程中你一直表现得非常积极乐观，生病之后也还演出过，当时站在舞台上你是什么样子的心情？

安子：我得了这病以后就上过一次台，当时上台的时候，台下的观众并不知道我生病了，只有我们乐队的人知道，甚至我们乐队的人都不是全部知道，我也没有跟大家去讲什么。心态肯定是不一样的，怎么说呢，会更感动一些，大家一起享受一种律动的时候，那一刻我觉得我的感官神经被放大了。我更加觉得音乐真美好。我感觉到那种生命的色彩，还有生命的力量，在那一刻，我会爆发得更加透彻一些。我在台上的时候，或者跟我的队员们相视一笑的时候，可能对于他们来讲是跟以往一样的，但对于我来讲，内心的感受是不太一样的。我更加被自己的音乐所打动，我会感觉到，此时此刻非常值得珍惜。

独

原创音乐人。

音乐是我内心世界的一个出口,文字是通向温暖灵魂的阶梯,它们让我寻找每一个自己。都是心里的歌,都是歌里的人。

代表作
《无骨无花,无我无他》
《果车》
《生活又不是热血动漫》等

尚东峰

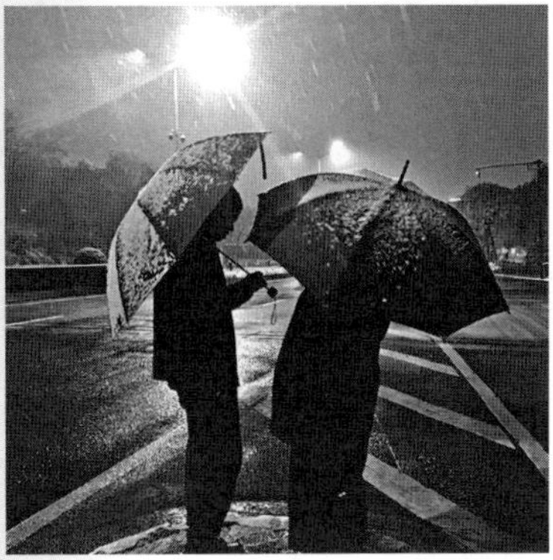

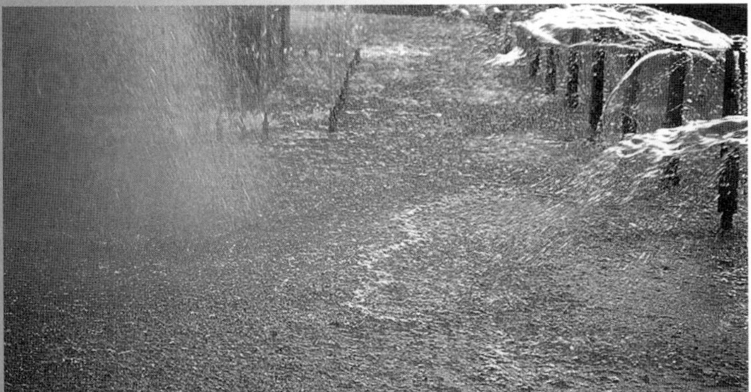

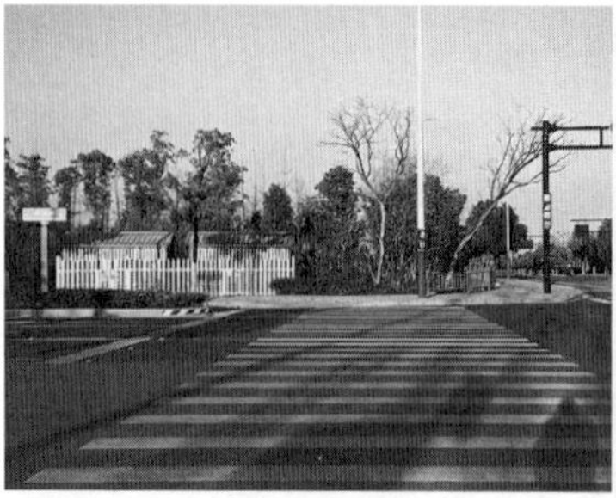

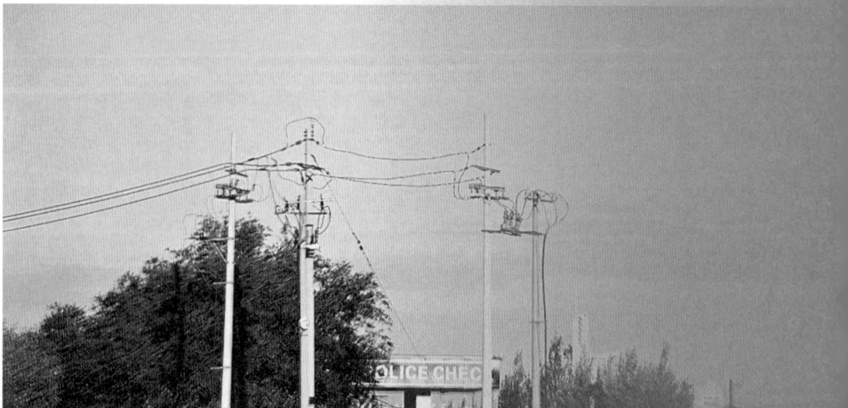
OLICE CHEC

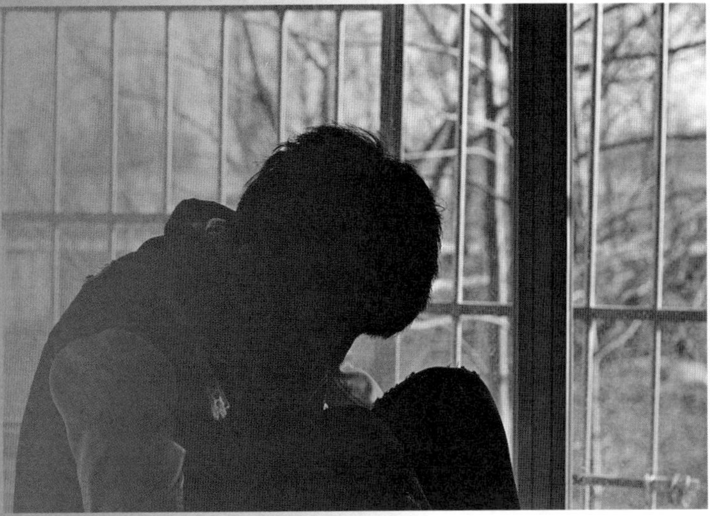

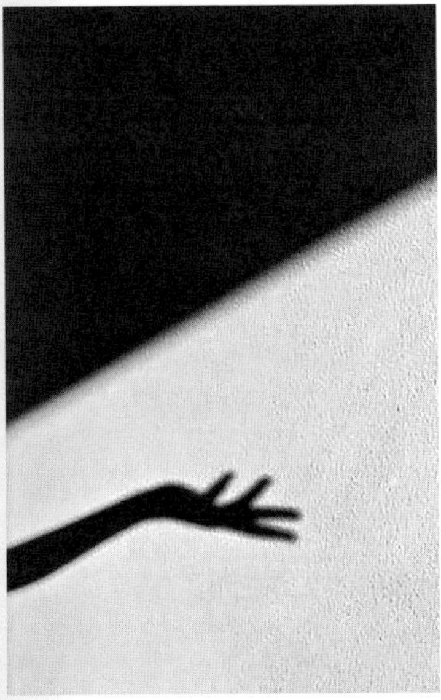

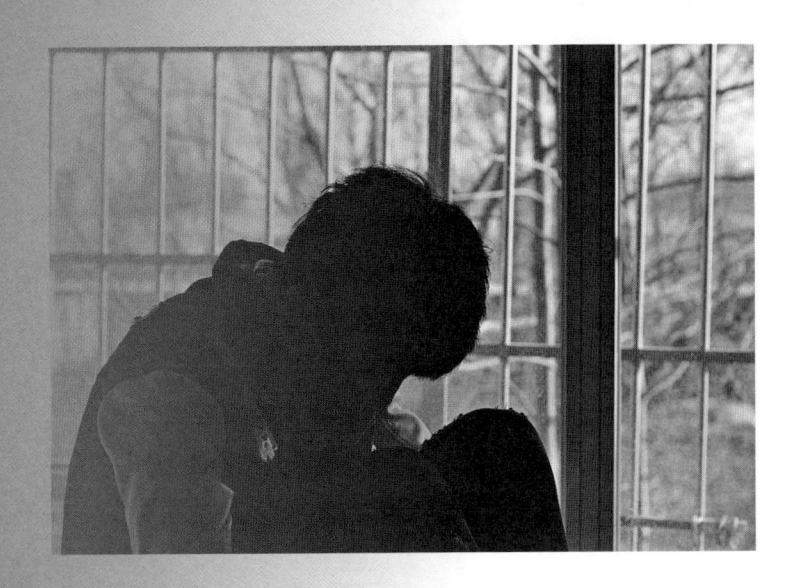

四季
告別礼

冬

　　雪把视线笼成纯白，浪漫下昭显出些许凄惨。透过高空飞翔的鸟，透过它们自由和恐惧的眼睛，俯视着穿梭在巨大建筑物下的活物。透过啮齿动物，透过它们冰冷的被雪藏的身影，去揣测地面上每一次脚步声所传递的低吼。从血液里蔓延到全身的痛苦随着年龄增长以数倍递增，身躯也被支控着有节奏地跳动，蠕动，晃动。无休止的热闹麻醉成死亡般的平静，这或许就是钢筋下的爱情。

　　我们总是在爱情懵懂期天真地以为可以把自己未来的那份爱守护得很好，在脑海里勾勒出多美好、多幸福的画面，早早地在心里画出未来对象的样子，憧憬着，积攒着，去放手一搏地爱。或许谁都不例外，早些只是习惯了等待，如果等待就能够遇到，那晚一些又有何妨？

　　爱情的美好总是来自未知，不知道下一秒会对谁一见钟情，也不知道谁如流沙，在指缝间流走。这个地方是县城的郊区，远离了地铁的拥挤，也不是三五成群的闹市，没有七彩的霓虹去闪烁标注孤傲的位置，有的是一条安静的街上躺着的两排整齐的路灯，穿过这条大路是一条深夜几乎无人问津的小路，寒冷的天也折磨着街上的车辆，驾驶员都小心行驶着。"这里有温暖"，一个小型的手写牌子挂在小区的门口，楼底的商店都紧紧关着门，没办法，这几天的天气像被诅咒了一样，晚上更是，洒在地面上的水不到一分钟就能变成冰粒。

每个寒冷的夜里总有几只孤单的灵魂蜷缩在一张双人床里抱着温暖的水袋催眠自己，反正已经失眠，索性打开窗户，吸一口，那种从鼻子到心脏透凉的感觉。

仔细看这个房间，整体布置得还算温馨，左边一个通顶的书柜被分成了九个格子，最高的三个格子是空着的，中间的三个格子上各自摆了盆栽，最下面的三个格子里有水壶和一些日用品……右边是电脑桌，黑色屏下面的蓝色按钮还在闪烁，似乎忘记关闭了，主机还有隐约的嗡嗡声响，电脑前面就是窗户，被深褐色窗帘遮住了一半，窗帘中间有一条扇形的镂空，月光透过这点镂空打在床上。

"接下来是今天最后一首歌，来自苏打绿的《喜欢寂寞》，祝你晚安，做个好梦。"床头的收音机里传出一个温暖的女声，想着又一天已平安度过。半梦半醒时，手机在旁边的枕头下震动了一声，我惯性去摸手机，这一切的平静终结在了那一个"睡了吗？"。

"你放假了吗？"紧接着，我又收到一条信息。

"？"我坐起来把枕头靠在床头。

"没事儿，就想你了，能给你打个电话吗？"

我在输入框里打好了"可以"，电话打了进来，我看着那一串数字，一直到手机失去声音然后屏幕融进这黑色。我删掉输入框里的文字，回了一句"睡了"。接下来电话不断被打进，我关上手机，放到柜子上，辗转几分钟后重新开机，几条未接来电的通知，还有一条短信："想和你说说话。"

"算了，我们这辈子就这样吧，勿扰。"我回。

第二天睁开眼已经十点了，打开窗帘也没有什么阳光照进来，洗漱完打算出门买点吃的回来。楼梯口的两只流浪狗在小窝里趴着，见我过来就跑过来蹭我一下，大概最近又乱吃东西，它们的毛都有点发黑了，泪腺也变得严重了。

"小可爱，你们在这里等着，我回来的时候给你们买吃的。"

我把自己裹得像个球一样，出门几分钟就好像变成了冰球，门口的树光秃秃地排着队，做早点的阿姨正准备收摊。

"阿姨，都卖完了吗？"

"还有一点八宝粥和白粥。"阿姨翻开铁桶给我看。

"那给我一份八宝粥吧。"

阿姨刮了几下，锅已经空了，粥没盛满。"孩子，粥不够了，你还要吗？要的话算你便宜点。"

"行，我要。"

我提着八宝粥绕着小区底商转了一圈，顺便买了一小包狗粮，回家的时候楼下的两只狗狗不见了，兴许出去玩儿了，一直拎在手里的八宝粥也已经凉了，喝完后回到房间坐在电脑前开始学习编曲。

房间里慢慢暗了,我合上窗帘打开灯。送外卖的小哥在门外敲了几下门,一日两餐的生活还是没变。夜晚把白天赶走后,我想着这一天说上话的只有两个人,还有两只狗,与其说孤独不如说是平淡,手机整天都很安静,我又平安度过了一天。

"您的手机已欠费停机,现已关闭所有业务。"

什么啊?原来停机了。我怎么刚看到这条信息?刚才还说今天手机很安静呢。

我交好费用,连续几条信息弹出,我一条一条地清理,还有这条:

"对不起,打扰了,希望你幸福。"

秋

"周六晚上有空吗?请你吃个饭吧?"

"什么事?"我回。

她把位置发了过来。"怎么突然想起请我吃饭了?"我问。

"好久没见你了,我也准备离开这个城市了。"

"你辞职了?准备回山东发展吗?"

"准备辞职了,还没想好去哪里。"

我一时不知道用什么口吻安慰她:"那见了再说吧。"

周六学校没课,在家多睡了一会儿,傍晚换了件新衣服去约定好的餐馆,我坐在位置上,她慌慌张张地走进来,我朝她挥了挥手。

"好久没见,最近过得怎么样?"我问。

她冷笑一声:"还是老样子。"

"先点餐吧。"我把菜单递给她。

"你最近还有去做老师吗?"她心不在焉地问道。

"我早辞职了,现在跟着老师学编曲。"

"这样也挺好,啥时候能在网上听到你自己写的歌?"

"我努力吧。"我给她倒好茶水,"你怎么打算离开北京了?"

她皱了一下眉头:"你点吧,我都行。"

"是今年没涨工资吗?"我接过菜单继续追问。

"也有这方面的原因吧,我家人给我找了一个工作,是文字方面的,想着在老家离爸妈也近。"

"那打算什么时候回去?"

"过阵子把工作交接完,把房子退租之后就离开北京。"她脸上有一点无奈。

"那决定好了就回家先干着,要是干不习惯,又不是不能再回来了。"我把菜单交给服务员。

"你呢?毕业后怎么办?回老家吗?"她问。

"先不回,我想在北京待几年看看。"

餐厅里人很多,我们两个坐在角落点了一桌吃的,吃到一半,她突然问:"你恋爱了吗?"

我诧异:"干吗突然问这个?"

"随口问问,看你动态好像之前去上海了。"

"那都多久的动态了,和室友一起去的。"

"你呢?"我反问。

"没有，倒是有几个还不错的。"她有些得意地说道。

"那就好好跟人家相处。"

"我说，如果我和你提复合你会答应吗？"她看着我。

"我，我……你神经病，这玩笑不好笑。"我把眼神瞟向远处的服务员。

"哈哈哈。"她大笑，"吃完饭去看电影吧？"

"不了，刚刚我室友说忘记带钥匙了，我吃完饭得回去给他送钥匙。"

"还是之前的室友吗？"她问。

我点了点头。

"那我陪你回去吧，当遛遛食，也好长时间没见你室友了。"

我没有拒绝她，回到家之后，室友联系了几个朋友一起在家玩儿桌游，结束的时候已经是凌晨两点多了，我回房间铺了下床。

"太晚了，你一会儿在我床上睡吧，我去客厅。"我说。

"不用，我在沙发上睡就行。"

从那天过后我们每天都会保持联系，像没分过手一样，也没人再提复合的事情。秋天其实挺短的，从叶子变黄到叶子掉光用不了多久，天气渐凉，在我们穿起外套的季节，我们又住到了一起。

"你柜子上不放书吗？"她问。

"书以前放在柜子上面的，后来我嫌太高就收到箱子里了。"

"那你买点花放上去呗,这么大的柜子空空荡荡的。"她指着柜子,"可以买几盆吊兰、绿萝、白掌放上去,多好看,还能净化空气。"

"那改天一起去买。"

琐碎的生活就这么持续了一个月,窗外窗里的景色也随之变着,夏日的花鲜艳过后在秋天加速凋零,甚至都未经过秋天。我的快乐也鲜艳,不曾拥有爱情所有的样貌,还以为悲伤不会再经过我,直到爱情季节里的寒风扑面而来。

"这个人是谁?"我拿起她的备用手机质问道。

"你偷看我手机?"

"用得着偷看吗?你这个手机刚刚震动个不停,我打开随便试了下密码就解开了,你这手机里够精彩的啊!"

"你没经过我的允许凭什么看我手机!"她语气有点横。

"好,对不起!我没经过你允许就看你手机,但这个人你是不是要解释一下?"

"就一朋友,需要向你解释什么?"

"朋友?朋友的聊天尺度这么大吗?"我把他们两个的聊天记录展出来。

"这是我自己的事儿,和你有关系吗?"

"我翻到了我们在一起的时候你和别人的短信,你知道我是什么心情看完的吗?"我脑子已经一片空白,"我记得我生日那天晚上,你陪我过完生日就说要回家了,你去哪儿了?你时间安排得挺满啊!"

"那事儿都过去了,我没必要和你交代,你是我什么?"

我愣在原地许久,问:"你啥时候变成这样的?"

她没回答我任何真话或谎言:"我说过我们复合了吗?清完东西我们好聚好散,我留在你家的东西都不要了,我晚上回来后不想再看到你出现在我家。"说完她气愤地夺门而出。

到家时天已经黑了,我蜷缩在沙发上和朋友们打着电话,这个朋友困了就找下一个朋友聊天,一直到第二天太阳透过窗户打在地板上。下午醒来后,朋友们也都在忙着自己的事情,我把手机关掉扔在床上,等回过神阳光也跑掉了。我随手拿起放在茶几上的书读了几页,读到饥饿就去厨房加热点速食吃,吃完又回到沙发上继续读书,再次醒来后我去店里又买了几本关于生活和感情的书。那几天读了十几本书,每天除了吃饭上课就是在沙发上看书,它们似乎能为我找到一个出口,在认真看它们的时候我可以平静下来,不去想任何人,只在这本书里看看另外一个世界的模样。

夏

小区楼下的树荫把每条路都遮得严严实实的,广场旁边每天都有一群老人在打牌、下棋。今天是我在培训班的最后一次教课,一个礼拜前我向校长提出了辞职,当时校长的反应是希望我可以继续留在那里,其实我也犹豫了很久才开口。

"校长，等这一批孩子考完级我就不过来了。"我有点不好意思。

"怎么了？是工资的问题吗？"校长起身看着我。

"没……不是……其实也有一部分原因吧。"

"等秋季班开课了给你涨工资。"校长又重新坐了回去。

我沉默。

"你在这里也干了一年了，第二年我每节课给你涨五元。"校长微笑着说。

"其实我这一年旷了好多学校的课，毕竟从我学校到这边来回车程就要浪费掉五个小时，前两天辅导员找我谈了话，虽然明年课不是很多，但是我想好好再学点东西。"

"这样啊，但是我还是希望你可以过来我这边，孩子们也肯定不舍得你走。"

"那这样吧，等明天孩子们考完试，成绩都出来了，如果都考过了我就辞职，如果我带的学生有没考过的，我继续回来给他们补课。"

"那太好了，我就需要你这样负责的老师。"校长很是开心。

成年人的暑假一点都不漫长，即便是大学生。

"见一下吗？"她凌晨一点打电话过来问我，"你不是放暑假了吗？哪天有空？我去找你。"

"怎么突然要见面？"我问。

"分手的时候你不是答应做朋友吗？怎么，现在都不见我这个朋友了？"

"哈哈,那倒没有,你想过来就过来呗,只要你不觉得尴尬。"我说。

"那我明天过去,我想去吃鱼。"

第二天我们去附近商城吃了饭,晚上看了场电影。

"那我先回去了。"她拎起小包。

"快十一点了,好打车吗?要不我送你到地铁站吧。"

"行,我现在住的地方离这边不远,这阵子没事儿我就过来找你玩儿。"她笑了一下。

"好,你过来提前和我说,我去地铁站接你。"

送她离开后我收到一条信息:"谢谢你今天出来陪我逛街,不过也没有很尴尬吧。"

"没有啊,你呢?"我回。

"挺好的,当时我们的决定是对的,做朋友也能坐下来好好聊聊天对吧?"

我不知道答案,也就没有回复。

暑假里我们见了好几次面,也不知什么时候,我家楼下住进来了两只流浪狗,一只白色的,一只灰色的,好心人给它们在楼梯口旁边放了两个小窝,偶尔还能看到被啃过的骨头残渣。她来我家的时候有时候还会特意在超市买一点狗狗吃的火腿肠。

一个月后培训班的考级成绩出来了,我带的孩子全都过线了,校长开心地把一大堆考级证书拍了照片发过来给我看。

"太好了,孩子们很棒。"我回复。

"这一个月你不在,孩子们老问你,你什么时候过来玩儿?"校长问。

"过段时间吧,这几天学校要开学了,有一些事儿要处理一下。"

"那你还要辞职吗?"

"嗯,我想好好学一下专业,培训班确实太远了,地铁也涨价了,公车的线也换了,现在过去一趟真的很不方便。"

"一节课给你涨六块,我真心希望你能再带一年孩子。"

"校长啊,其实去年签的合同上写了第二年是涨十块课时费的。"我打趣道。

"今年学生没往年多了,真涨不到十块,但我真的想让你来,你这两天再考虑考虑?"

"嗯,那我考虑好了再联系你。"

第二天我彻底拒绝了校长,再过了一天我也被彻底拒绝了。

"新写了一首歌的小样,要不要听一下?"我发消息问道。

"不用了,没兴趣。"我收到回复。

"好吧,那你要不看一下词?虽然现在只写了一个开头,哈哈!"我紧接着回复。

"很多字的话就不用发了。"

"你怎么了?"我问。

"没事。"

"这首歌的歌名我想用你名字可以吗?"

手机屏幕亮了一个小时,没有等到回复。

"如果你觉得读起来麻烦,那我发一句给你,你看一下吧?"

手机屏幕又亮了十五分钟,依然没有收到回复,我在备忘录里截取出歌词,发了过去——"你如星辰入海,倾万鲸成宇宙。"

"随你,以后没事儿别找我了。"她立刻回复道。

"你哪根筋又不对了?"我有点生气。

"我想做件对的事。"

接下来我连续发了不知道多少条信息,都没有收到回复,最后我们以"祝你幸福"匆匆结束了这个夏天。至于那首歌,几年后我做完发了出来,只是和最初的情感不同了,名字也早就被替换掉了。

春

或许一生中会遇到很多精彩的人,去丰富一段人生旅程,当你决心告别不够精彩的时光,往往只缺了不用多大点的勇气,其实只要一丁点就足够了。夏天告别春天,春天告别冬天。告别不难,上个春天的花告别了这个世界这么久,这个春天又开好了。

可惜我听不到花开的声音,也不知道命运在哪里交替,我想在这之前,我还能听到:

"我们在一起吧。"

(本文摄影:李艾珂)

113

快问快答

Q & 1/2/3/4/5/6

有没有被一首歌曲或一张专辑治愈的经验？它讲述了什么？

有一首歌是我的"禁曲"，每当一个人的时候听都会魔怔地大哭一场，所以这首歌从来没在我的收藏列表里出现——《父亲的散文诗》。虽然现在早已不是作者诗里的年代，但看到"露天电影""缝纫机的踏板"几个字眼会有强烈的代入感，它们也只是存在我模糊不清的儿时记忆里。这是一首我无法完全进入作者世界的歌，它离我很远，却可以轻易地在我心边摩擦。

创作灵感的来源是什么？如何接触新的音乐？

创作灵感来源基本是生活吧，我和人，人和生活，生活和我。

我接触音乐的方法比较"笨拙"，基本是随便听，比如歌单或者每日推荐。

印象最深刻的一次现场？

说来惭愧，现场去得不是很多。但去的专场基本上都是真心喜欢的歌手或者是歌，所以都会留有印象。

请分享下曾经做过的为音乐疯狂的事。

好像我对于音乐做过挺多"疯狂"的事：放弃过学业，辞过工作，为了有可能的那一点灵感把脆弱交给了黑夜……说起来会觉得很扯，可真的在痛苦放大到即将失控的时候，灵感来得最直接，结束后自己再慢慢"医治"。

用一首歌或一句歌词来表现你理想中的爱情。

其实我理想的爱情是顾城《门前》里的那句：

"草在结它的种子
风在摇它的叶子
我们站着，不说话
就十分美好"

是什么契机促使你走上音乐的道路？如果有一天不从事音乐方面的工作，你想做什么？

是脑子一热，那时候其实也没有太喜欢，整个镇上学音乐的也没几个，就是脑子一热想去试试，就和家里摊牌了。可是家里人都不知道去哪里学，学这个看上去没啥前途又花钱多，就一边帮忙打听一边委婉地劝说我。这时候学美术的表姐打电话过来说，要不跟着艺考培训班的学一阵子，这就是最开始。

如果不做音乐我真不知道会做什么，一定要选择，那可能会开一家自己喜欢的店吧，书信店？或者水吧、奶吧之类的。

又称邵小毛,青海省文科状元,毕业于北京大学新闻与传播学院,后又保送至中国传媒大学读研,2017年于清华大学进修积极心理学。

原创音乐人,作家。有很强的词曲创作能力,尤其擅长歌词写作。她的音乐关注现实,有态度、有温度,她被称为最有人文关怀的女性原创音乐人。

代表作
《大龄文艺女青年之歌》
《开心英雄》
《麦兜响当当》
《好心情手册》等

邵夷贝

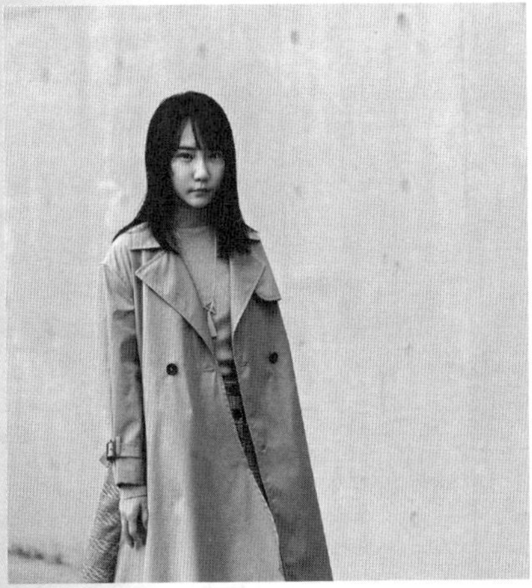

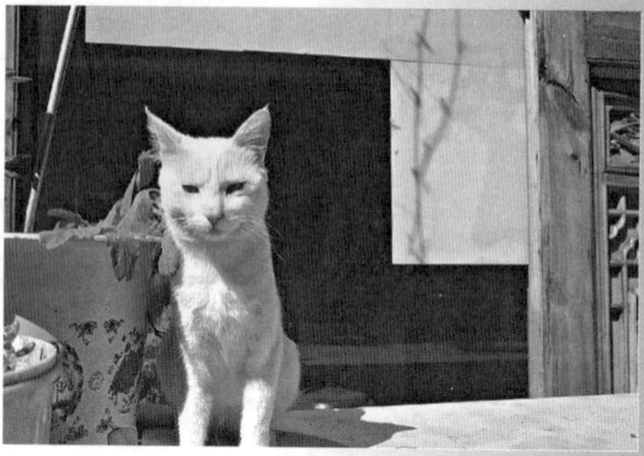

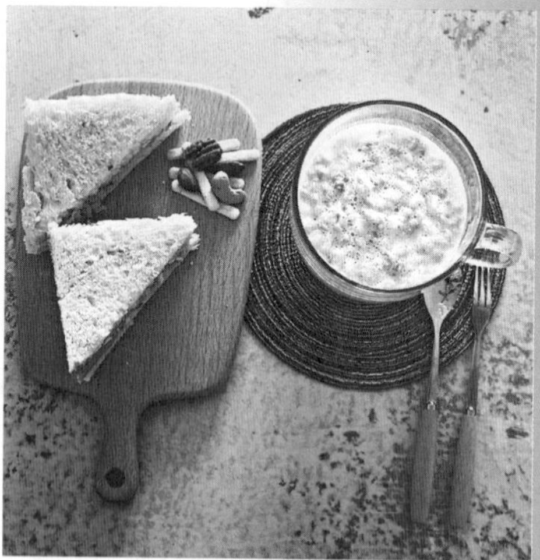

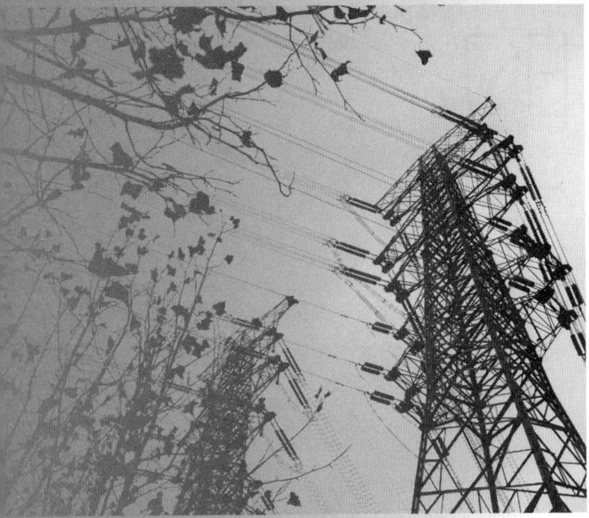

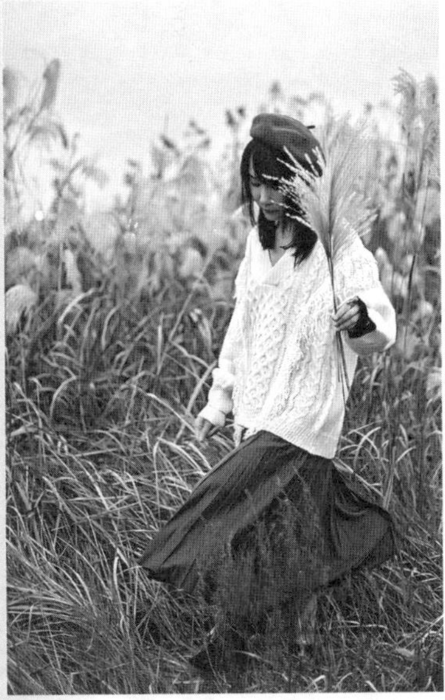

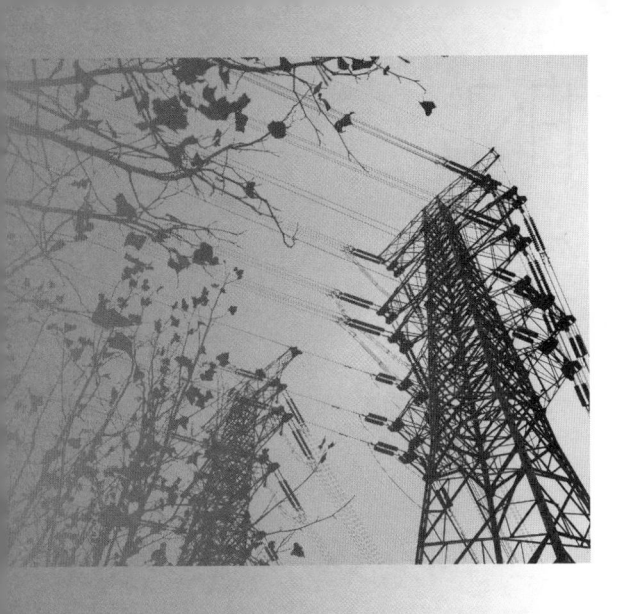

爱的信笺

朦胧之爱

> 我写的美丽情书终于在愚人节送出
> 收到的那个男孩没看便撕烂
> 他喜欢待在街心公园一个人荡着秋千
> 我躲在墙角望到天色变昏暗
>
> ——《戏梦童年》

高中备考大学的时候,暗恋隔壁班一个男生C。

他是体育委员,课间操的时候喊着口号带着他们班往操场跑。他跑起来的时候,三七分的头发一弹一弹的,像兔子的耳朵,异常可爱。每次望向他,都感觉有阳光洒在我的面庞上,那是一副至今想起来都觉得美好的画面。

备考阶段非常苦,学习不下去我就给他写信。说是信,其实当时根本没有打算寄出——工工整整地写在日记本上,一天一篇,更多的是自己少女怀春的内心戏:

"现在还没办法向你表白,怕那样会影响到我们两个人的成绩。就把爱意先写在这里吧,等我们考完试,我会把这些信都交到你手里。"

他成绩很不错,加上又是体育特长生,以他的成绩和加分应该会去很好的学校读书。所以我特别地努力,想尽办法去攻克以前不喜欢面对的难题。如果累了,就想象着自己努力之后能和他在同一所大学相遇——如果能进入同一所大学,我就是靠事实来证明自己是和他一样优秀的人了。

"那样的表白会更有底气一些吧。"我这样

给自己打气。

暗恋大概就是这样吧,最大的勇气都停留在想象层面,但那些想象是每天最治愈的时光。

作为爱幻想的孩子,我得好好感谢所有温柔的梦境。它们给予了我无数的安慰、强大的信心和无穷无尽的动力。

那些幻想让我可以始终对未来充满憧憬。

青春期最艰难的时光就这样冒着粉红色泡泡度过了。

我没有和他说过一句话,甚至都没敢直视过他的眼睛。带着少女的娇羞和对未来的期待,我又甜又涩地度过了现实与幻想交织的每一天。

但是,高考结束后,就再也没有见到过他。

后来,我在当年流行的"校内网"上找到了他的页面,鼓了好些天的勇气才终于发了一封私信给他,内容差不多是这样的:"你好,我在高中的时候喜欢了你很久,还写了整整两本给你的信。不想打扰你,只是想向你要一个地址,我可以把这两个本子寄给你。它们应该是属于你的。"

接下来便是漫长的等待,依稀记得那段时间每天都坐在电脑前疯狂刷新页面。大约一周后,我终于收到了回复,只有一句话:"你认错人了吧?"

哈哈哈,这就是我的暗恋故事。反复确认了高中学校和照片,应该是他本人,没错的。大概他确实是不希望被打扰吧……

有些丢人,但也因此,让我大概理解了暗恋的意义。

暗恋有些时候就像迷恋一个偶像。

在那段对我来说确实非常重要、难忘、刻骨铭心的时光里,他是从精神层面为我提供最多陪伴、分担最多烦恼的人,但对于我暗暗喜欢着的他来讲,所有的幻想都与他无关。

他像是一束光,在似乎碰得着的地方指引着我,让我相信自己会变得更好、有可能获得想要的未来。真的感谢他,也感谢每一个生命里给过我光亮的人。

记得不知道在哪里看到过这样一句话,一直非常喜欢。

"请保持你心里的光,因为你不知道谁会借此走出黑暗。"

后来我持续创作,去写一些温暖的、提供内心力量的歌,也是希望自己能成为一个微弱光源。

即使没有足够明亮,但若能够为那么一两个人的黑暗提供一点光与热、提供一点点能量,一切坚持便都是值得的。

这是那个男孩教给我的事。

致往日恋人的一封信

爱是醉眼,凡人镀金
是论辩,两人劳神
是灵相通的一瞬
是心刺痛的封存
是一生荣禄,败于一见倾心

爱是执念，自缚作茧
是薄情，唯你深远
是碰触欢愉顶点
是走不出的困倦
是你的存在，成我心底悲酸

爱是落寞，清水浊乱
是忐忑，冒进迂缓
不知深浅地试探
不端庄方寸大乱
是神机妙算，落得满腹疑团

虽世间鼓乐喧天，只想与你解甲归田
却说了背弃你我，荒唐的语言
谁又能游戏人间，若动情千人一面
爱或放手，皆是，知易行难

——《爱悟》

Lin：

嘿，你还好吗？

很久没有看到你的消息了。

最初是强迫自己这样做的："要坚持一周不要看他的消息啊。"我这样和自己说。

当然，坚持不看很难熬，总是不死心、总期待有奇迹、总感觉太遗憾，会忍不住想要联系你。

但一看到你最近的动态就会愈发难过，因为它会提醒我那些事情已经与我无关。具体地感受到了那种渐行渐远的距离，是一种必须接受真相的刺痛感。

人啊，放下一段情感的过程，很多时候是一

段与自己、与自尊心、与不信命的偏执之间漫长的战争。

但总归，偏执还是会败给时间的。

后来，真的有一天，我发现"不看你的消息"成了自然而然的习惯，才不得不承认，你的世界已经与我再无关联。那个瞬间很难接受，因为我一度觉得，也许自己永远都不可能习惯你不在身边。

对于感情的浓度来说，时间可真是残酷；但对于痛苦的浓度来说，时间也真是温柔。

过了很久才敢去回忆我们之间发生的事情。

互相刺痛的感受淡了很多，美好的时光、彼此的不成熟却慢慢变得清晰了起来。

回忆里闪现出很多个节点，在那些时刻，如果我把心里的话说出口，一切也许就全部不一样了。

我们天真，认为是真爱就能猜中彼此的想法，并以此作为验证爱情的条件，像小孩子玩解谜游戏，但生活里最重要的关系不是游戏，而是需要给对方带来真实的归属感。解谜游戏可从来不提供安全感。

那个时候，以爱的名义相互榨取，总觉得相爱就该随时随地从对方身上得到印证。所有极致的想法都有过，最大的爱和最大的恨来回循环，撕扯到最后，是真的累了，也就想算了。

"爱或放手，皆是知易行难。"

那是我生命里最傻的一个阶段了吧。几乎做了所有最坏的选择，讲了所有最糟糕的话，也流了最多的眼泪。很长一段时间里，人都像是被乱枪扫射过一样，一碰就疼。不敢听情歌，不想谈感情。

多可惜，这一切不快乐却都是真真正正的因为爱。

在真实的爱里，人必然会变傻。

后来学了心理学，了解到了这种状态的生理机制：被荷尔蒙控制，被多巴胺左右，杏仁核充血，被情绪与情感的巨浪包围。所有的反应都基于动物性的本能，很珍贵，很剧烈，也很疼。

所谓"走心"大概就是这个状态吧。

在社交活动里，大家常常会说："要走心啊。我喜欢和走心的人做朋友。"

开始是这么说，但相处到最后，互相计较的大都还是利益，还是归结到"走脑"的那个部分。如果你一直"走心"，还会有人笑你傻。

只有那些实际在"走脑"，看起来却像"走心"的套路高手，才能在这样的世界里如鱼得水。

很多以爱的名义走到一起的男男女女也是，开始的时候也是真实有火花的，分开的时候却化成了对时间和金钱的计较。也没办法说这些感情是假的，只是当真实的情感逝去之后，人的不安和不甘就涌现了出来。

人性是自私的，这一点我没办法否认。

生活在这个时代的大家其实蛮可怜的，没那么多自由去纯粹地相爱。

时间成本、精力成本，每分每秒都被计算成

金钱。因为只有金钱才能提供安全感。大多数的关系，归结到最后都是计算。从这个层面上讲，纯粹的爱情可真是奢侈，因为它不计回报、不顾后果。

所以，当我们谈论真爱，也许是在谈论冒险、谈论独特、谈论"出世"的潇洒和一种"我与大多数人不同"的勇敢吧。

扯远了。

之所以说到这些，是因为当时你对我说："要相信美好啊。"

那个时候我是相信美好的。可是现在的我，更相信人性一些。只有这样，才能让我好受一些。

相信美好的人，需要一而再再而三地接受"希望落空"这件事情。我不想再做那样的人了，好累啊。

你看，我已经踏踏实实地长大了。很多不切实际的幻想没有了，不再是生活在"期待"里的人了。

现在很少许愿，如果想要拥有什么，就踏踏实实地去做事、去实现。不太有时间"等待命运来眷顾我"。

难过也不再像我们分开时那样持续那么长时间。遇到很不舒服的事情，情绪只会在当下低落一小会儿，一觉醒来必须都忘记。就像李志的歌词唱的："悲伤是奢侈品，我消受不起。"

人总归都要走到这一步的——到社会里走过一遭，清清楚楚看到世界的复杂和自己的局限，撞得粉碎稀烂，然后缝补缝补，组建成一个全新的人出来。样子还是你当时看到的那个样子，喜好、性格也没什么变化，只是内心已经不再那么无助与易碎了。

没什么好抱怨的，大家都是这样过来的。

有些时候会想，如果当时你认识的是这个完善了一些的我就好了。

回忆起你那段时间的疲惫与无力，倍感亏欠，有些部分感觉自己终于理解了你。人在剧烈的情绪当中，很难忽视自己的感受、去体会别人的为难。

但有些部分还是无法理解，想不通你为何要用最不顾后果的方式去面对问题。让爱的人陷入不该面对的困境，独自舔舐伤口活过来，是有些残酷了。

过去的经历在我们心里留下一些补不好的缺口，也许正是这些缺口，定义了我们的存在。

谢谢你带给过我这样一段经历，它令我很剧烈地成长了。

偶尔忆起，偶尔会忍不住流眼泪。

每当这种情况发生，我都会很欣慰地对自己说："恭喜你啊，还保有一颗没有完全石化的心脏。"

也许我们再遇到时，都已为人父、为人母。也许会当面嘲讽过去的幼稚与偏执，像那时候一样互称"傻子"。

那是多美好的直接与直白啊。

希望你好。

我们都会好的。

Shao

我所谓的爱

我愿穿过冷漠人群,牵起你那落空的手
光阴像流萤飞绕你,不愿被,模糊的面孔
想代替你去疲惫,多么欣赏你的坚定
繁星般,闪烁不停闪烁,温柔的眼睛
愿做你的爱人,你的朋友,你的孩子和你的母亲
愿做一个卫兵,守护着你,那么易碎的璀璨心情
愿给你时间,给你空间,给你不被打扰的宁静
如果你说冷,那么请问,可不可以,与我相拥
当我想起你的时候,糟糕的情绪都散去
面前的阴暗和尖利,都变成明亮与善意
那些面目可憎的混蛋,此刻也显得有些好看
你看看你啊,是个奇迹,把整个世界都改变
我是你的爱人,你的朋友,你的孩子和你的母亲
我是一个卫兵,守护着你,那么易碎的璀璨心情
愿给你时间,给你空间,给你不被打扰的宁静
如果你说冷,那么我们,何不就此,静静相拥
你是我的朋友,我的恋人,我的孩子和我的父亲
你是我的英雄,拯救了我,那么珍贵的温柔心情
你给我时间,与我相伴,给我不怕孤独的平静
如果我说冷,那么请问,可不可以,与我相拥

——《我所谓的爱》

突然想聊聊,我所谓的最美好的爱情是怎样的。

如果在对的时间、对的地点,从茫茫人海中找到那个人,我该用怎样的方式与他相爱,与他

持续温柔地相处呢？我希望自己能够做好万全的准备，描绘出对爱的具体理解，不再像过去一样胆怯或者任性。

能够真正倾尽所能地去做一个成熟的爱人。

我渴望能够获得一种互相滋养的爱情：我们彼此的棱角和硬刺都能清清楚楚地被对方看到，不用费尽力气伪装。从一开始就一起努力寻找不要互相刺伤的办法，用温柔和耐心相互对待、互相包裹。

我们接受彼此的不完美（世界上根本就没有完美的人哪），然后互相撑起对方的软弱。就像两个半圆，慢慢相融，一起组成那个看起来圆满的圆。

不记得在哪里看到的这句话，一直印刻在我的脑海里，"所谓的真爱，就是深刻理解对方的痛苦"，很是触动。

我们都是闪着光亮的人，我们也都会遇到很多趋光而来的人。

远远看去，大家都是光晕柔和、透着朦胧感的月亮，带着那种迷人的、令人遐想的神秘感。但走近了，月之表面都是坑坑洼洼的，谁都有无法遮盖的瑕疵与脆弱。

我希望能够与自己未来的爱人，爱彼此的光芒，也爱彼此的粗粝。锦上添花，也雪中送炭。

生活注定有快乐有悲伤，人也必然有强大有低落。我们在一起才是那个无缺的圆，要记得彼此支撑，不要辜负彼此的坚守与温柔。

我想要和另外一个人一起去完成这人生。

这是两个人一起去经历的旅程,"你的感受是我最重要的感受,我的感受对你也一样"。

再亲密的关系,都要注意边界和尊重。我们彼此是爱人,并不是彼此的所有品。所有的相处和经营,不过就是保持对彼此感受的在意。通过沟通达到一致,然后步频相同地一起走这丰富的人生旅程。

当然了,人在疲惫的时候难免会漏洞百出,再成熟的爱人也会在情绪不佳的时候做出些刺伤对方、不顾对方感受的事情。

爱情本质上也是一种情绪的冲动,有甜蜜,自然会有痛苦。

我们不可能避免给彼此带来痛苦,在最亲密的人面前保持永恒的完美也很不现实。我们可以办到的是避免去做伤害对方的事情,但万一做了,做错了,需要真诚地寻求对方的理解和原谅。

我们都来自不同的家庭、经历了不同的人生,没有两个人是完全一致的,再令人艳羡的神仙眷侣也办不到。

所谓的"灵魂伴侣"在我看来,大概就是两个最懂得保持有效沟通的人吧。

语言太容易产生误解,人在不同状态下也会表达出不同的情绪,这些都是会随着时间而变动的,很多说过的话成了倒下的"flag",很多冲动的言语成了最后悔说出的话。

在这种持续的变化中,唯一能够让爱不要成

为负担的方式就是保持及时、有效的沟通。有默契的伴侣会效率更高，也许更节省时间，但不能不去做这件事情。

美好的关系需要耐心和时间，这便是我所谓的"互相滋养"了：

"你是生命里的沃土，我们相互灌注的时间和营养，都会为彼此换来繁茂的收获与成长。"

人为什么需要找另外一个人"在一起"？

仅仅因为可以在现实的世界里组织一个相对经济的组合，共同应对生存的风险吗？在我看来不仅仅如此。

更多的是需要那么一个人，你可以全然地信任他，可以与他一字抵一万字，可以坦然地表达情绪与脆弱，可以不用像开屏的孔雀一样时刻想着向对方展现自己的最佳状态。

全然信任和投入一个人的怀抱这件事，接近于找到了信仰。这对我来说，大概便是爱情最重要的意义。

嘿，人海里的那个人啊，我知道你也在孤独地寻觅着我。下面是我想对你说的话，希望到时候，我也会从你那里收到同等程度的在意。

愿做你的爱人。

去冲动、去心跳加速。去在日常的阴天清晨彼此亲吻、用微笑代替阳光。

陪你疯、闹，做些不着边际的傻事儿，去做这个无趣世界里的大顽童；陪你沉稳、严肃，穿上晚礼服做个优雅得体的成年人。

想和你一起经历倾盆大雨、一起淋成落汤鸡，也想和你在绝美的建筑里共享人生最神圣的瞬间与感动，互相泣不成声。

我所谓的爱情，其实很简单：在意彼此的在意，陪伴彼此做爱做的事。

你快乐于是我快乐，便是了。

我希望那个传说中的完满人生是我们一起绘制的：它日常、琐碎，它也绝美、璀璨。

愿做你的朋友。

嘿，哥们儿！你是我的铁瓷。

我知道你生活中有很多不容易，也知道你很喜欢吹牛皮。

你的哥们儿最近太忙，需要找人一起走一个的时候我随时可以顶上。

现在喝不动二锅头了，我存了点儿好酒，找个小酒馆走起啊？听你酒后吹的牛皮、画的大饼，很兴奋、很热血，很有天不怕地不怕的少年气。

聊完之后找个街边球场打会儿球，很爽，但是我就不陪你脱上衣散德行了，不太方便啊。

还有，扛不住就哭呗，谁还不知道你丫内心深处是个小公主啊？咱们认识这么多年了，不用装，在我面前做自己。

嘿……对……那个妞确实长得不错。我收了，你丫就别想了！

愿做你的家人。

从更长的时间线上来看，我不相信爱情，但我相信爱。

爱与爱情的区别,在我看来,就是"爱"在爱情冲动之上,发展出了可以相互支撑的大爱——我与你,成为像家人一样的伴侣,并不仅仅依靠性魅力联结在一起,还能依靠信任与相互之间的依恋。

在心理学上,有理论将爱情分为"激情之爱"和"伴侣之爱"两种形式。这两种形式可以同时或间歇出现,两个都是提升关系质量的重要前提。

这个是我更愿意相信,也更渴望建立的关系——源于爱情,融为亲情。

快 问 快 答

Q & 1/2/3/4/5/6

有没有被一首歌曲或一张专辑治愈的经验?它讲述了什么?

高中的时候非常喜欢魔岩三杰,曾经听张楚《孤独的人是可耻的》,单张循环很长很长时间。那时候升学压力很大,张楚的音乐闪耀着很多苦闷生活中的光,比如那首《光明大道》。让人能感受到此时此刻的坚守也许并未见效果,但坚定我们的方向,未来就是光明的。很有能量的音乐。

创作灵感的来源是什么?如何接触新的音乐?

来自于阅读和对生活的观察。听新的音乐更多就是通过随机播放网易云的音乐清单,偶遇好听的风格和喜欢的歌手。

印象最深刻的一次现场?

大学时候参加过最早在北京香山脚下的迷笛音乐节。和同学们一起住帐篷、玩泥巴、围炉弹唱、看人行为艺术和裸奔。那时候是很艰苦但很理想主义的纯粹摇滚乐世界,只要有音乐响起,内心便都是喜悦。

请分享下曾经做过的为音乐疯狂的事。

我是为了能到北京组乐队才铁了心要考到北京的,虽然一不小心考上了北京大学,也没有使用过学历找工作,一直都在玩乐队、搞音乐、生活在勤奋又努力的不确定里。

用一首歌或一句歌词来表现你理想中的爱情。

《我所谓的爱》：愿做你的爱人，你的朋友，你的孩子和你的母亲。你是我爱人，我的朋友，我的孩子和我的父亲。

是什么契机促使你走上音乐的道路？如果有一天不从事音乐方面的工作，你想做什么？

高中接触摇滚乐，看了很多乐队的传记，于是开始和身边喜欢音乐的朋友一起组乐队，一直组到今天。

想当一个画家，或者当一个创业者。感觉绘画是最感性的创作形式，创业管理是最理性的职业之一，我都很想尝试。

二十五岁,音乐人、歌手、制作人。

代表作
《立秋》
《红绿灯》
《风起来的时光》
《烟火》
《正确人类》等

周子琰

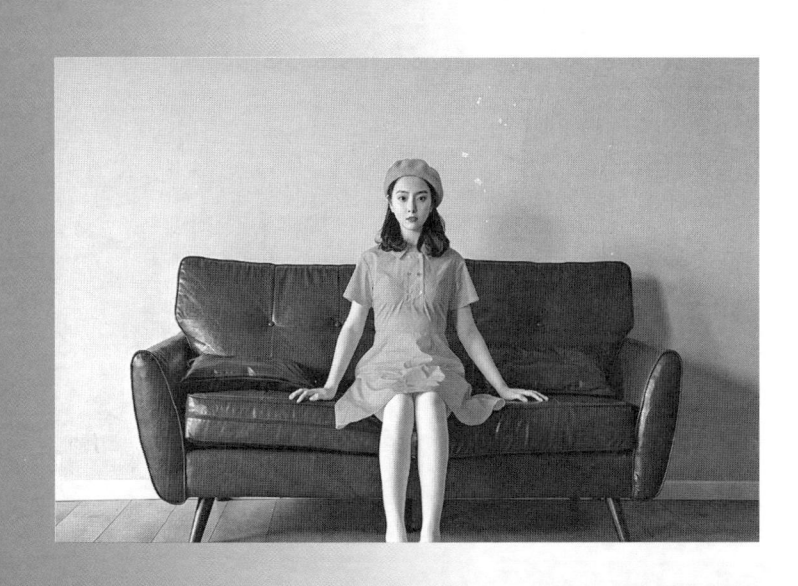

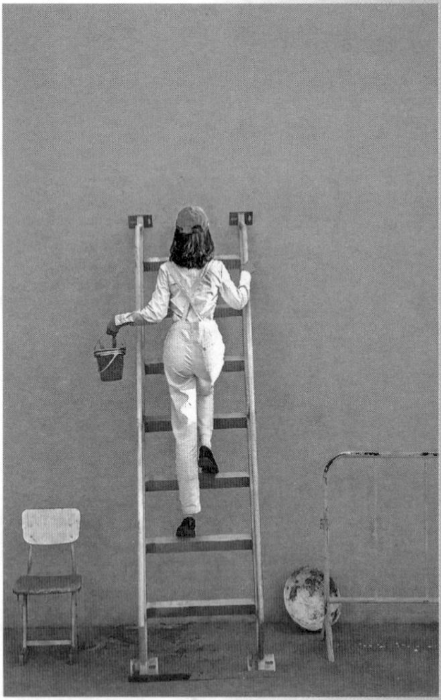

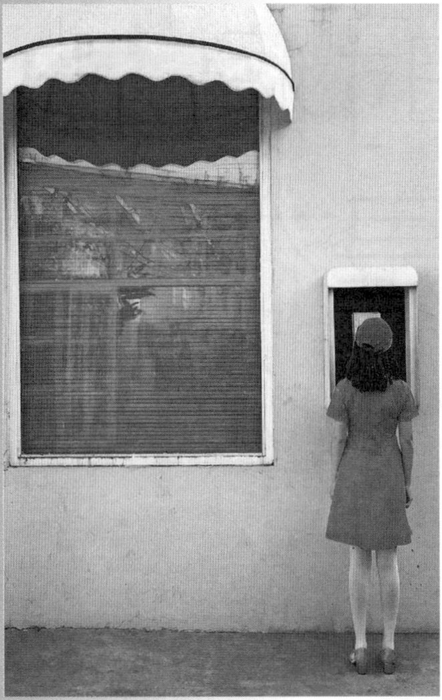

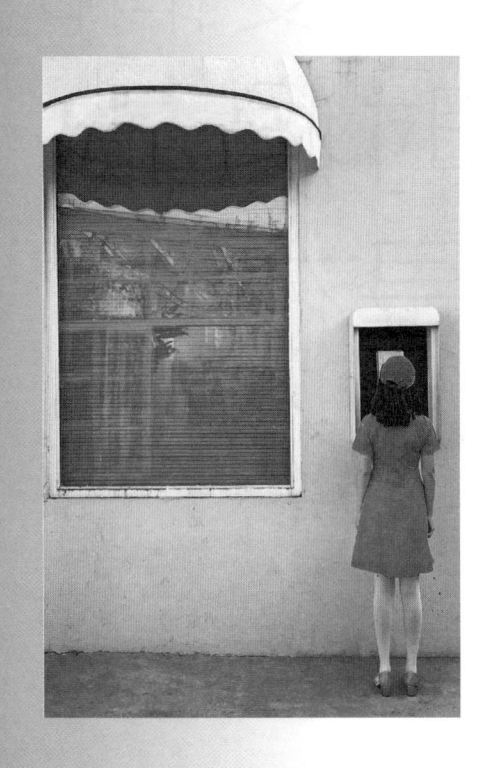

当我们谈爱情的时候是在谈什么

爱情是怎么开始的呢？我想很多时候我们自己也不知道，总之是不会等你什么都准备好的时候才开始。

我是一个很难进入爱情的人。可能是因为我太爱自己了，总是把自己包裹得严严实实的。在陌生人的眼里我似乎是一个好看但最好不要招惹的人，这不是我空口胡诌，而是在求证了数十份"口供"后的最后结论。知道这个结果的我有一瞬间是难过的。好吧，不止一瞬间，毕竟不招人喜欢是件糟心事。我难过了一会儿，但转头我还是舒服地做着自己。

看起来难以接近的自己，似乎并没有想改变什么，虽然我二十三岁了，很想很想谈恋爱。我常自我检讨，我为什么还是一个人？总是一个人，是不是我真的有情感方面的缺陷呢？这不能怪我太消极，因为我默默地算了一笔账：我二十三岁，按一年三百六十五天计算，我已经活了八千四百多天，几乎是人生三分之一的时间。抛去衰老后荷尔蒙再也不分泌的三分之一时间的老年生活，与不得不分割给工作、学习、家庭、睡眠的部分，真正留给我交朋友的时间恐怕真的所剩无几。结合现在自己的真实情况，仔细想想也会开始有点害怕了。

我不害怕孤独，但我害怕一直孤独，我害怕的是我没有走出孤独的能力，我害怕的是我失去了接收爱的触角。

我十分不擅长展开一段关系。现在我身边的

知心好友大多都是在年少时就结下了不解之缘，我们陪伴着对方长大再眼看着对方衰老。除了工作，很少也很难、也很没动力去结交新鲜朋友。我想这是现代很多年轻人的现状，好在我还是有朋友的，这点令我十分欣慰。不过可能也正是因为这样，我很擅长暗恋，并且我可以把心思暗藏在心底直到天荒地老，被我暗暗喜欢的人可能永远也不会知道自己被喜欢过。我会像一个最娴熟的伪装者，可以在你看向我那一眼的同时把所有期待迸发的情绪统统埋葬。我不知道有多少人跟我一样会把喜欢当成一件自己的事，只跟自己有关，不需要回应，不用拥有，甚至不需要过多的联络。所以，是真的不需要吗？还是没有足够喜欢？不然每一次自己对自己说的"算了"该怎么计算？我自己也存在疑问，有时我会想，我是不是有我自己就够了？"不，不够！"我听到我的内心在呐喊！

　　人真的是一种神奇且复杂的动物，因为人创造出了爱情这种莫名其妙的东西，伟大又神秘。当我们谈爱情的时候是在谈什么？在进入爱情后，每个人在恋爱起初都会变得异常可爱、别样温暖，用世间最美妙的词汇都难以形容爱情在心中恣意生长的形态。我们都想为了彼此去变成更好的人，在那一刻，自己是谁似乎不那么明确了，重要的是我们要一起去向何方。等到我们反应过来自我的重要性时，这一场爱情的某些部分可能已经开始崩坏。于是我们开始与之作战，全身投入警戒状态，我们变得虎视眈眈，再也不见了温柔可爱。当一个人安静下来反省，不禁想问自己："为什么爱情可以把我变成另一个我？为什么爱情能把我最爱的人变成陌生人？为什么爱在'喜欢你'的包裹下会变成一把利刃？为什么爱消逝时总会带走一部分再也带不回来的纯真？"越来越多的问题把曾彼此相爱的两个人渐渐带离原有的轨迹，由此开始了爱情中难以错过的一个命题。

关于爱情，有你浓我浓，当然也免不了会有情到尽时。

关于分手，这个笔画不多故事却不少的两个字，真的很难触碰。从知道要写这篇文章的那天到我落笔，我都在尽我所能地拖延让我面对这个问题的时刻，因为我似乎并不知道这个问题的答案，也一度认为这个命题他们一定找错了人（直到现在我也这么认为）。毕竟谁也不是什么恋爱专家，你说对吧？有谁能彻彻底底地说明白爱情是个什么玩意儿呢？恐怕是得了一场病吧，最贴切。在一场以两人为基数并相互关联的恋爱病里，似乎总有一人能先于另一人痊愈。而在痊愈的那一刻，似乎两人在某些情感上的牵连也就此断掉，由此一人再也无法体会另一人的痛苦，只能任由其一人死去活来，无论多么触目惊心难以告别，两人恐怕也再难为伴。

我不知道有多少情侣在分手后还可以如常做朋友，又有多少情侣在分开后再难相见，行同陌路，在一座不大的城市里连一次偶遇的缘分也再难求。我自己不知道答案,所以去问了一些好朋友。第一个好友她平时看起来大大咧咧,两耳不闻窗外事,是每天沉浸在自己钟意的事物里的一个超级乐天大女孩,我感觉她的生活里从来没有烦恼。在我问了这个问题后她难得安静了下来,非常认真地回答了我的问题:"为什么分手之后不能做朋友呢?"

她说的不多,却让我突然难过了起来。"我没有办法与曾跟我如此亲密过的人,以一个朋友的距离相处。我怕我忍不住还会去牵他的手。"是的,真正喜欢过的人,不管中间经历了什么,分开了多长时间,再次见到还是会心动。我又问:"那就是还喜欢啊,为什么要分开呢?"换来了一阵沉默,我感觉到了她的痛苦,我顿悟了我这个问题的愚蠢。有哪一段珍视的感情我们不想好好对待,愿意轻易放手呢?

当然所有问题不会只有一个答案,我的另一位朋友她就选择了另一种:"分手之后当然可以做朋友哇!"我另一个永远笑面朝天的好友斩钉截铁并摆出一副怎么会有第二种答案的面孔对我讲道:"只是换了一种相处的模式,他依然还能在我身边,我依然可以关注到他的点滴啊,多好!""那也就是说,你还喜欢他,还是希望他能出现在你的生活里,对吗?"她的面容瞬间柔软了下来,还有一丝一闪而过的黯淡:"是吧。喜欢,但是我清楚地知道对方不会再喜欢我了。"她依然微笑,但是笑容里有些只有她能体味的内容。

两个答案，不同的角度，却让我感受到了同样的悲伤。

除此之外还有几个朋友的答案在我听来很特别。"我们开始的时候就是两个陌生人，在还没有足够了解彼此的时候相爱了，开始了解以后反而开始变得冲突不断不再适合，分开以后我们也只是回到了开始各自的位置。"他用很轻松平淡的语气说完了以上的内容，说完后很潇洒地走了，都没有留给我追问下一个问题的时间。

跟他同样潇洒的还有一位事业非常成功的女强人。事业上升的同时还兼顾了婚姻的幸福、家庭的美满。她的回答在我看来非常完美，在我的世界观里无懈可击："在彼此没有新恋情时是可以的，但在有了新伴侣时，真的也就没有了联系的必要，因为彼此的生活不会也不该再有彼此的缝隙了。"听完我只觉得她人生的成功和美满是必然的。所以我说在面对爱情时，每个人都是自己的哈姆雷特！当我们在谈爱情的时候是在谈什么？爱情，酸涩、甜蜜，分离又撕心裂肺，甚至有人痛苦到不能自已。爱好像就是让人不得安生的一件事，却让很多人乐此不疲。对于爱情我也有太多的疑问，等待解答的同时，期待"你"。

153

快 问 快 答

Q & 1/2/3/4/5/6

有没有被一首歌曲或一张专辑治愈的经验？它讲述了什么？

近期比较喜欢 TAEK 的一首歌，Everywhere, Bad People Are There 这首歌是在讲：人啊，如果只遇见好事的话是无法成长的啊。人生嘛，就是会这么艰辛啊。很现实，但又很温暖。

创作灵感的来源是什么？如何接触新的音乐？

灵感来源于生活和我所有天马行空的幻想。获取新音乐的途径有很多，一些音乐 APP 的相关推荐啊，影视剧、电影的一些插曲啊，喜欢的乐队的一些关联乐队啊……音乐就像是一张网，可以铺散开来，只要你有心去寻找。

印象最深刻的一次现场？

是在一次音乐节现场，那天是我人生唯一的十八岁的最后一天，我站在台上唱到最后一首歌时哭得非常伤心，因为在那一天我有一个愿望再也没有办法如期实现，而我也必须向之前那个不完美的自己告别，于是我在舞台上哭着唱完了一首《倔强》，这也是我被所有人听到的第一首歌。

请分享下曾经做过的为音乐疯狂的事。

大概就是为了音乐，在那个还没法生活自理的年纪只身一人来到北京吧。

用一首歌或一句歌词来表现你理想中的爱情。

我的理想里现在还没有爱情,因为我觉得美好的爱情需要因人而定。

是什么契机促使你走上音乐的道路?如果有一天不从事音乐方面的工作,你想做什么?

是热爱吧,是理所当然的地向前,音乐走进了我的生活,而我的生活不能没有音乐。如果有一天不做音乐了,可能会去种地吧,虽然我从没养活过一株植物。

歌手、演员、导演、
作家

代表作
Never Too Late to Love
Why 2008
《花》等

田原

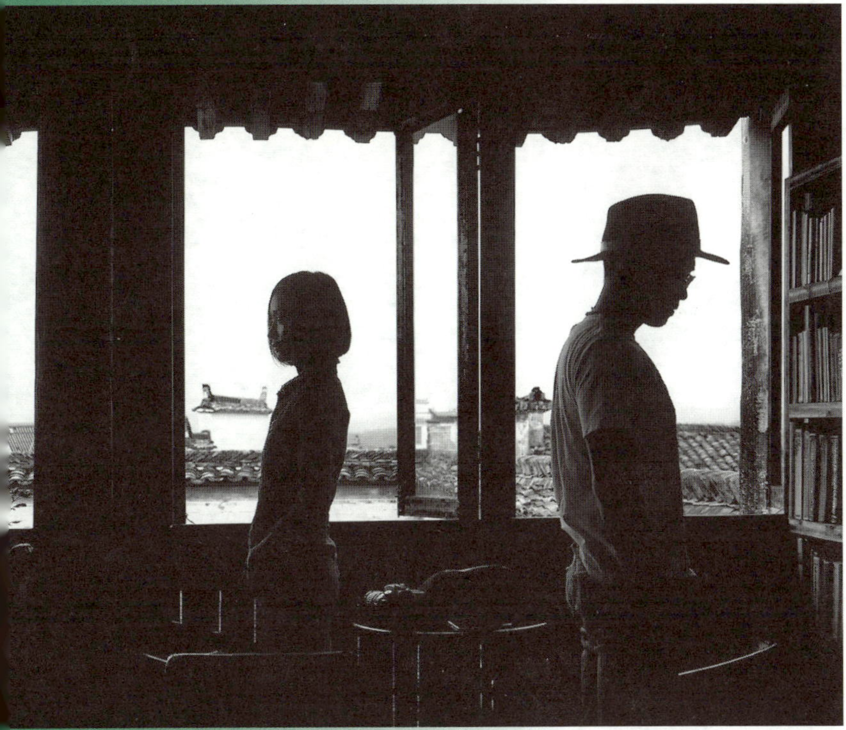

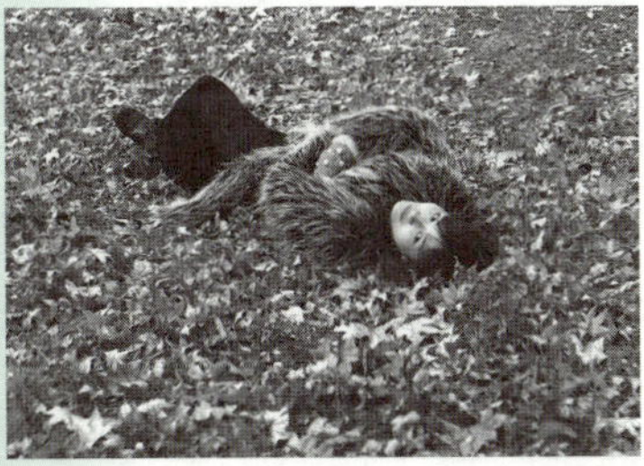

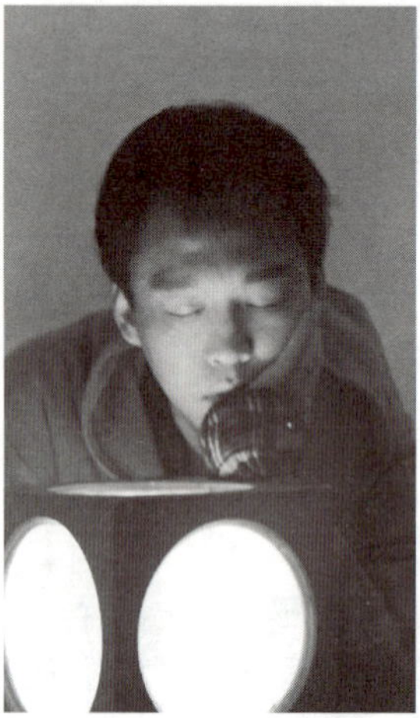

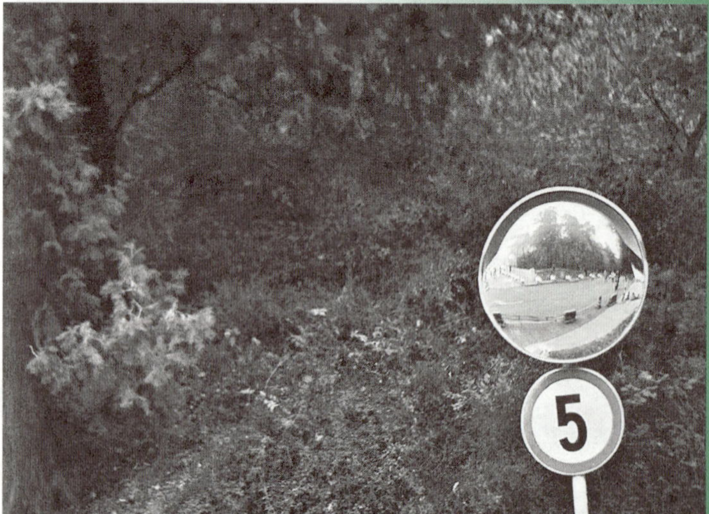
5

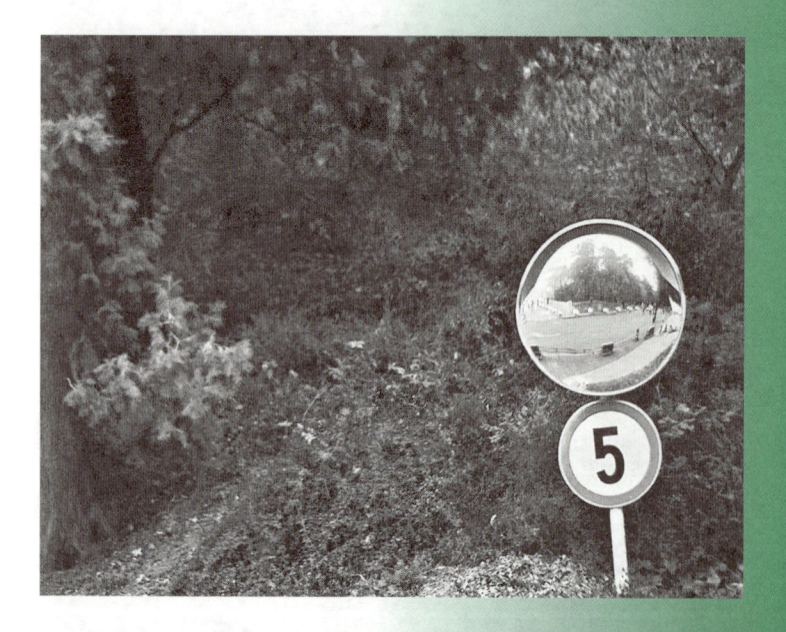

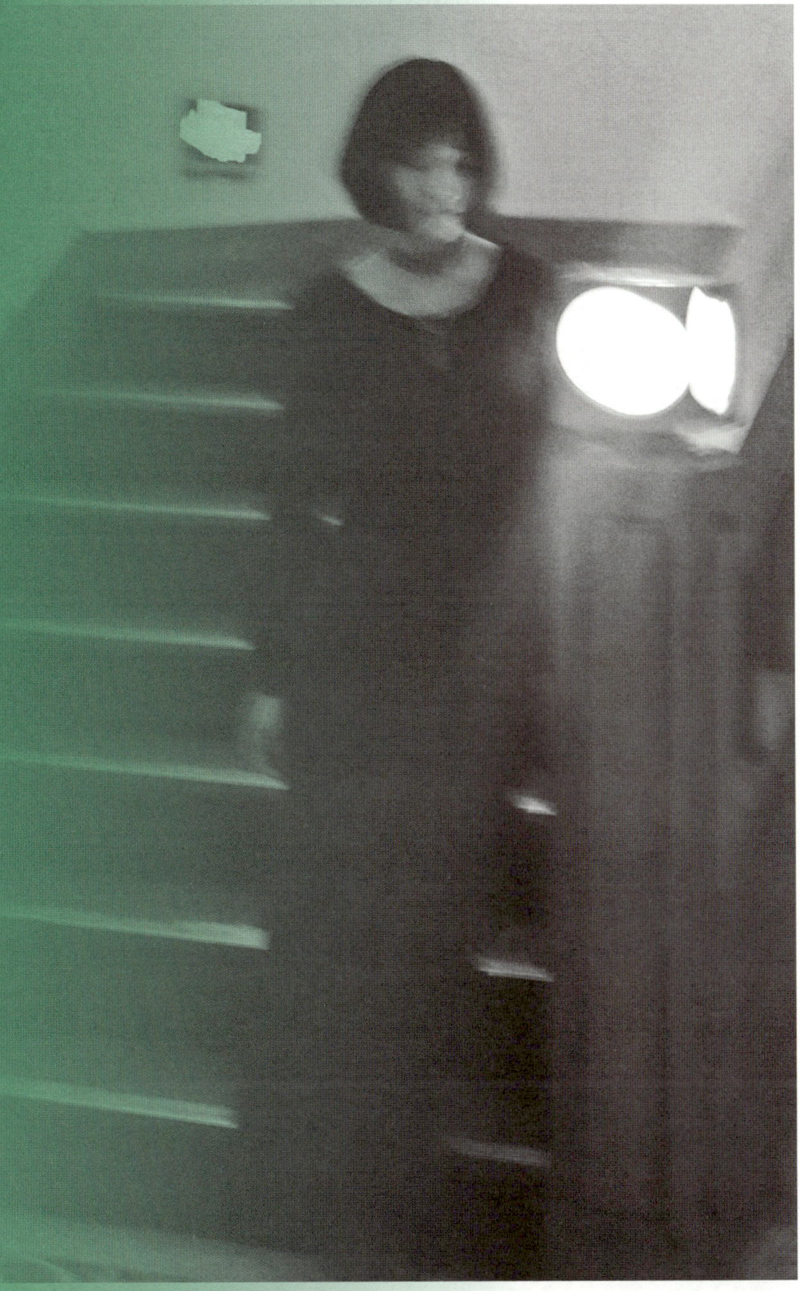

不到的
距离

恋爱总是一瞬间的事情，恋爱的对象也并不一定要是人，对吧？

如果在一个瞬间，找到了自己与"ta"的联结，仿佛从宇宙初始就开始有的关系，这对于我来说就是不折不扣的恋爱。

有时，我会对一缕阳光有这样的感觉。

伸出手，接住那一缕阳光的那一刻，比任何关系都长久。

爱是绝对的，时间是相对的。

我们在时间中讨论爱的纯度，就像用高楼来形容一棵树。

爱与爱情也不是同一种东西，爱是超越人的、近乎宗教一般的神秘存在；而爱情，大约是爱降临到人身上，被装载进不同容器里的样子吧。

可惜的是，不知从何时开始，我们总把爱、爱情、关系、荷尔蒙、婚姻等混淆在一起。

这几种东西，不是颜色，融合在一起不会变得更美妙，它们从根本上有着不同的"材质"，所以我们总在试图糅杂它们的时候受伤。

刺痛我们的，往往是我们认为美好的东西，走不出这样的悖论，我们会在自己的迷宫里走得很孤独。

有一则禅宗故事，大意是：文字就像手指，用来指向明月，但许多人都只看到了手指，看不到明月。

荷尔蒙也是如此吧，就像指向爱情的手指，但许多人迷恋的只是手指。

165

曾经有一个朋友跟我讲过一对夫妻的故事：他们每年都要分开旅行，持续了十几年，因为他们相信，根据科学的统计，两个人相互吸引的时间极限不到七年。于是两人按照能够活到八十岁计算，把相处的时间做了管理，希望能够通过主动地分开，来达成长久地在一起。

这样的相处方式，乍一听也许会让人想鼓掌吧？

但仔细想想，他们难道不会怀疑彼此是否会在分开的过程里为他人心动？

他们要用几十年来验证这种方式是否可行，没有人有十足的把握。如果不可行，他们会放弃吗？还是会强颜维护，来对得起自己这么长时间的付出？

想了很久，却也不知道这对夫妻现在如何。

我并不觉得相爱的人应该在一起相处，或者走入婚姻。

越是不能和一个人在一起，我们就越是觉得爱。

这个定律从古到今都在现实、文学、影视、音乐里被验证，得不到的美感绝对高于占有。

我们永远无法看见没有光的时候这个世界是怎样的，因为我们注定要借助光才能看见，而光的出现已经改变了世界原本的状态。

同理，我们一旦介入爱情，就已经改变了爱的成分。

爱进入人间，成为爱情时，就已经被不同的

167

人捏造成不同的形状,而人们又偏要粗暴地给爱情分类。

爱情有了更多件衣服,早已不是爱本来的样子,却也因此动人。

拥抱多样性,水比水泥可爱。

我曾经是一个沉浸在自己世界里的人,但随着长大,我开始喜欢听别人的故事,特别是关于感情的故事。

他们的经历,都是小小的镜子,让我在其中看见自己的一小部分。

我愿意听见不同的人讲他们的恋爱故事,有的甜美,更多心碎。

我喜欢看对爱有不同认知的朋友们讨论甚至吵架,然后又偷偷按照对方的方法去实践。

相处这件事情,离爱其实很远,更像是游戏。

人们总是有一些奇怪的、违反逻辑的概念,比如说:时间会验证爱情。但其实时间会冲淡一切,包括爱情。

爱情这样脆弱的东西,为何一定要让它接受时间和现实的考验呢?

希望相爱并永远地在一起,是我们用来伤害自己的利器。

毕竟我们都生活在一个扁平的时代,距离被碾压,秘密和隐私更是如此。

而恋爱这种东西,又偏偏要有私密这把雨伞,才能让伞下的两人与世界若即若离。

小的时候,我们都仰望那些音乐人的恋爱故

事，比如说列侬和小野洋子，而今，还有这样让你仰望的故事吗？

似乎都消散在信号中，只留下平凡和琐碎。

据说，太多的电子信号让灵异事件发生的概率都下降了许多，爱的磁场也会因此削减吧。

我越来越喜欢听老的情歌，每一张歌单都是一座爱情的博物馆。

我想把对一缕光、一只猫、一个人的感受，都写成歌，这也许才能证明我存在过。

快 问 快 答

Q & 1/2/3/4/5/6

有没有被一首歌曲或一张专辑治愈的经验？它讲述了什么？

Open Up Your Door，理查德·霍利 (Richard Hawley) 的歌词很简单，但说的就是恋爱本质。

创作灵感的来源是什么？如何接触新的音乐？

写歌的时候，我的脑子里在放电影。

各种音乐APP，国内的"三大巨头"以及 Bandcamp APP。

印象最深刻的一次现场？

感恩而死 (The Greatful Dead) 和约翰·梅尔 (John Mayer) 的联合演出，在一个体育场里演两场，很多白发的老人都嬉皮打扮来看演出，有的甚至开了房车。

请分享下曾经做过的为音乐疯狂的事。

小时候听说科特·柯本 (Kurt Cobain) 有很严重的胃痛，很想知道那是什么感觉，就各种乱吃乱喝。

"得到之前退场。"

用一首歌或一句歌词来表现你理想中的爱情。

从小就喜欢,加上初中的时候开始听打口唱片。

如果不做音乐,就做电影,但其实一直在做。

是什么契机促使你走上音乐的道路?如果有一天不从事音乐方面的工作,你想做什么?

来自南京的唱作女生，凭借干净温暖又不失倔强坚定的风格独树一帜。拥有着设计师和原创音乐人双重身份的她，将两种特质结合得恰到好处。无论是《可能否》，还是《时光是座博物馆》，都是来自对人生经历的思考、对少年时光的感怀。简单却意蕴深远，是她的初心，也是她对听者的诉说。朴实的吟唱拥有最强大的情感共鸣。

代表作
《可能否》
《城南谣》
《木公子》
《时光是座博物馆》等

木小雅

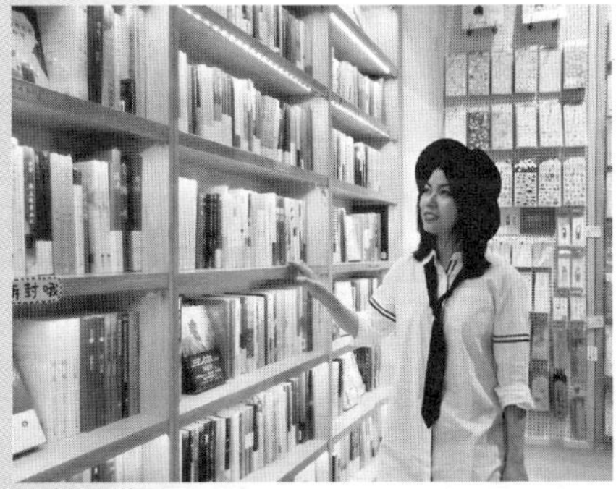

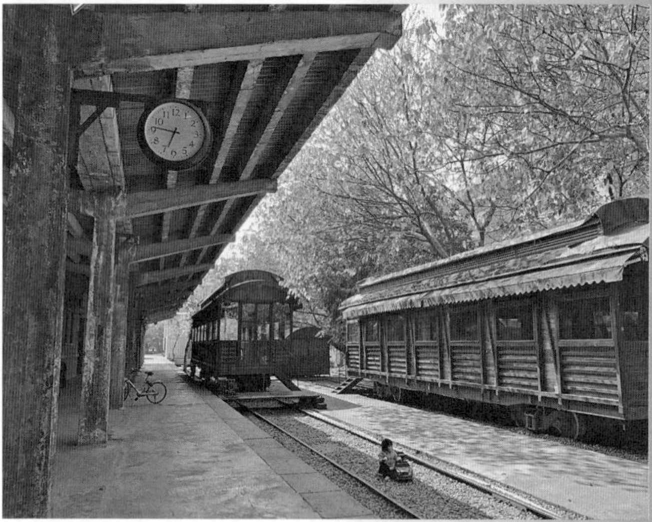

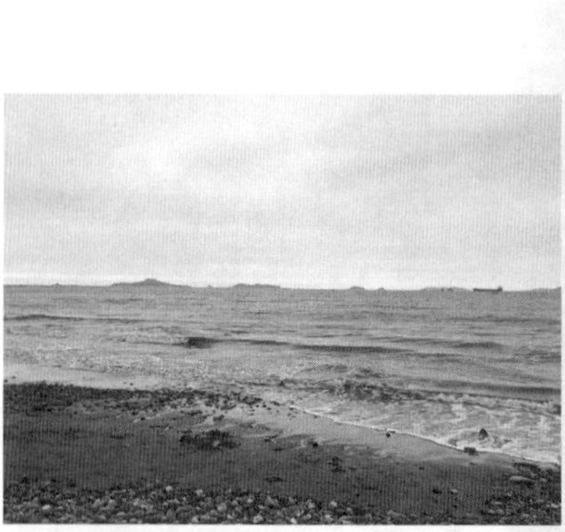

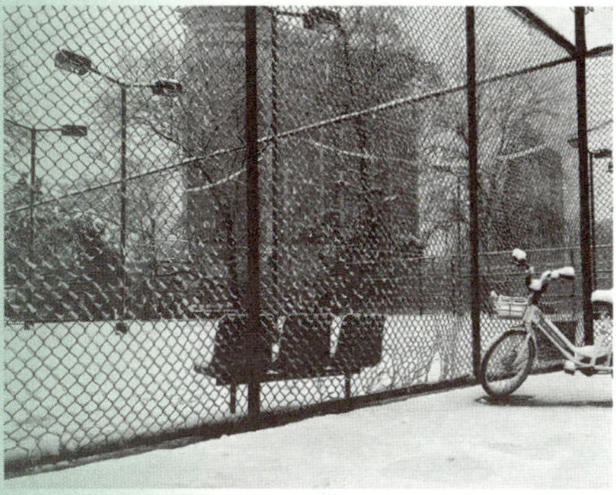

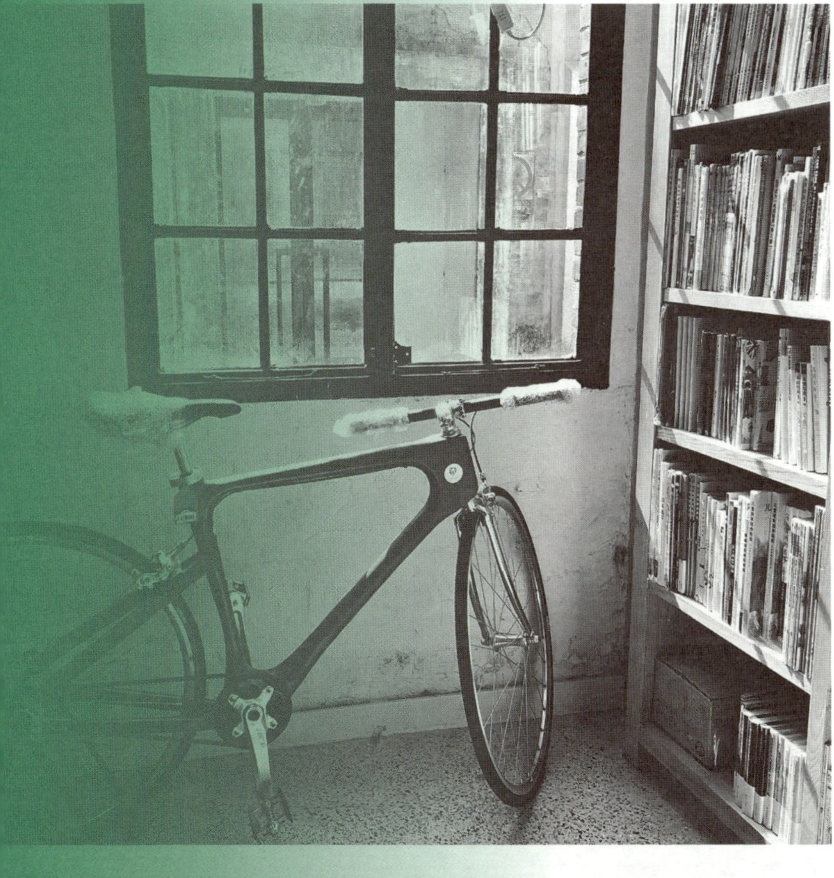

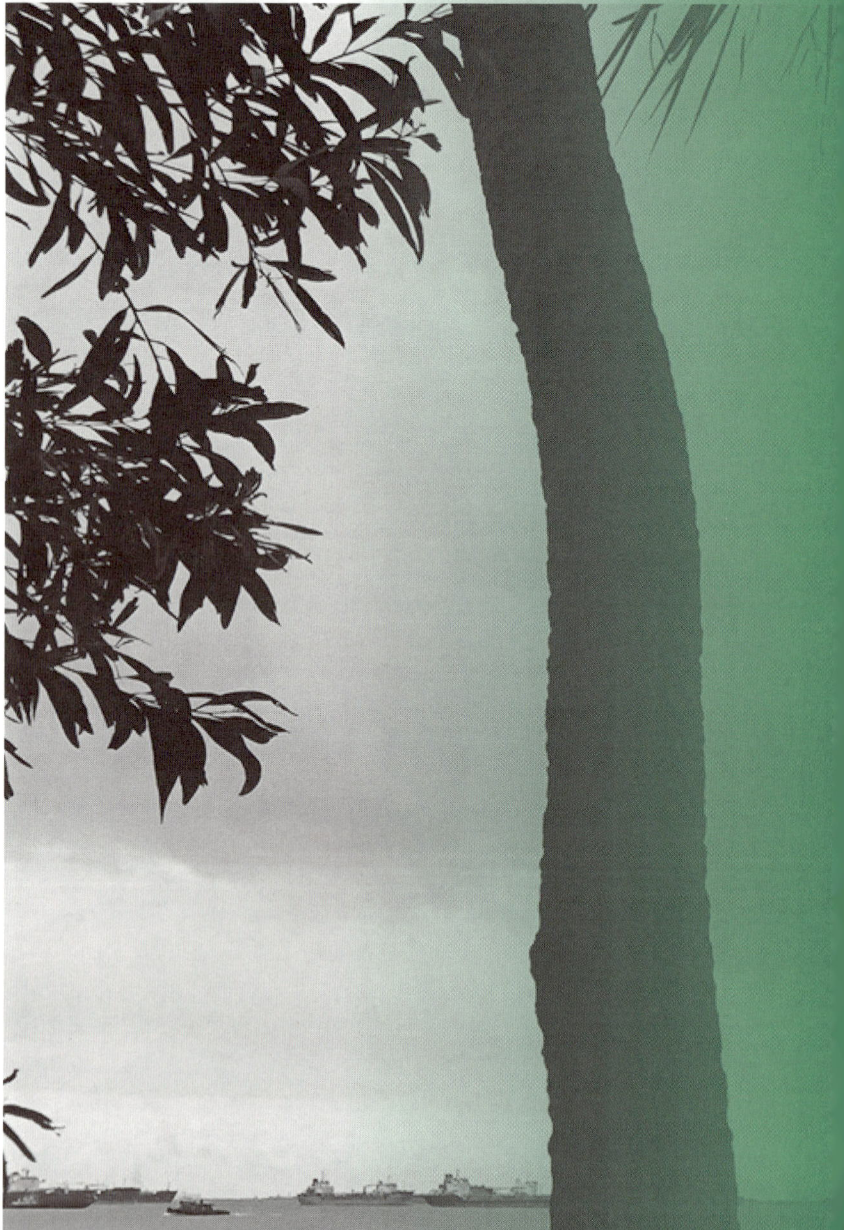

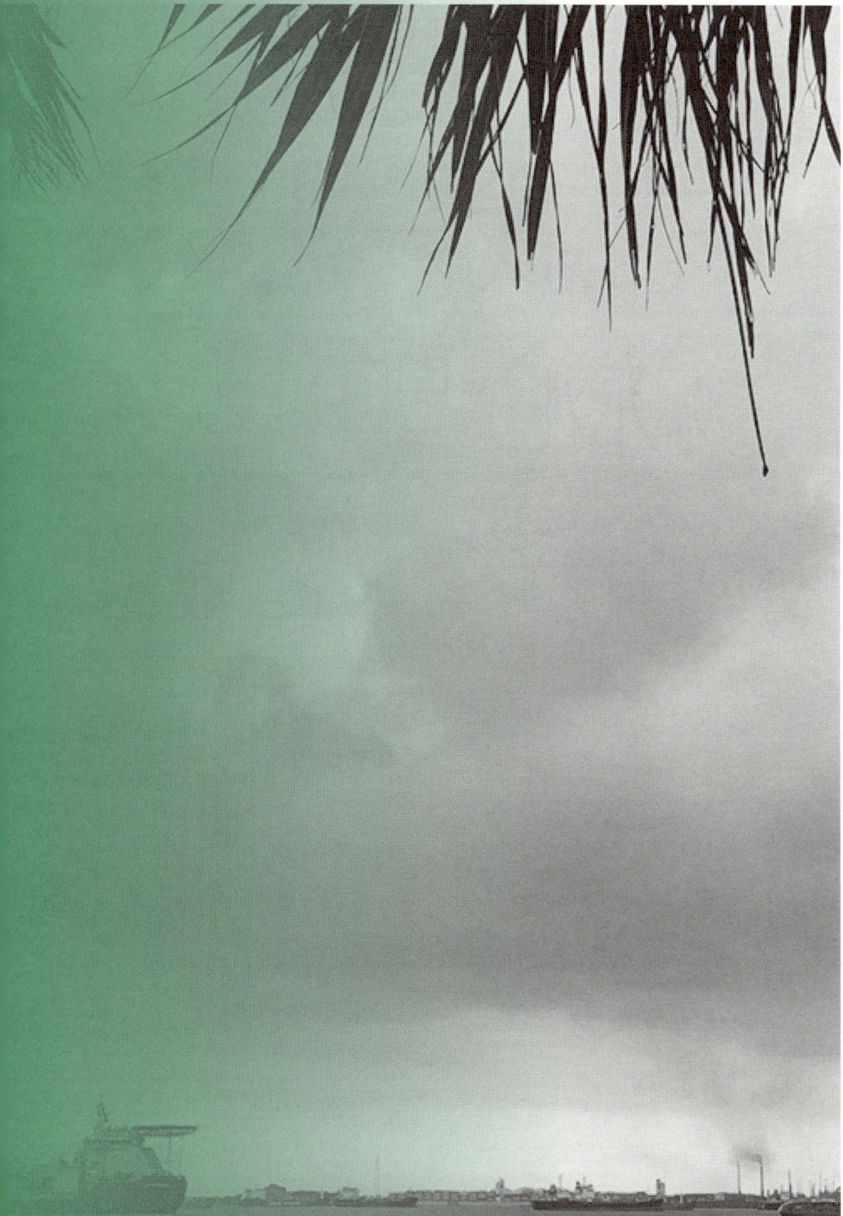

你还是你，
有我一想
就心颤的
名字

在爱情所有的面貌里，暗恋是最特别的一种。它隐秘朦胧、小心翼翼，甚至可能在人生里都无法拥有一次恋爱的名分。但是在这个起点和结局都由自己掌握的有限空间里，我们却能把有关爱情的梦做到无限大。不管对方是否知道，在一场暗恋里，我们已经看过了数次日升月落，经历了数次山高水长。

现在想起自己年少时喜欢的第一个男孩子，嘴角仍会微微上扬。当时我受到二次元初恋男神流川枫的影响，开始注意到一个高高瘦瘦、篮球打得很好的男生。这种关注和在意渐渐自然地变成了喜欢。那也是我第一次体会到原来"喜欢"是这样一种强烈的感情。虽然我有过很多次可以告白的机会，也不止一次地有过对他告白的冲动，但在那场持续了三年的青涩暗恋里，"喜欢"这两个字，我终究没有说出口。

时间是最好的感情稀释剂，这场暗恋也随着毕业和告别渐渐地消逝在了风里。多年后的一天，我收拾房间时，在卧室最里面的书柜里发现了一包贺卡——那是互送贺卡风靡的年代，这些都是我从同学那儿收到的。我一边感叹着居然一转眼已经过去了这么多年，一边开始一张张地仔细翻看起来。

所有的贺卡上都写着各种各样的节日祝福语，唯独有一张是空白的。只看封面就知道，这是我唯一没有送出的、原本打算送他的那张。贺卡的封面上画着一个单手握着篮球的帅气男生，旁边写着他的星座——狮子座。

人生中有太多没有结局的相遇，却不代表没有故事。只要经历过，总会留下痕迹。而暗恋的痕迹，虽然藏得至深，但天知、地知、自知，它永远存在于心底的某个角落。

都说爱情是低到尘埃的卑微，暗恋一个人时，这种卑微感很可能会被加倍放大。

有一年圣诞，我和舍友 Summer 一起出去参加社团的快闪活动，活动结束后大家又一块儿庆祝了一番。等回到宿舍时已经很晚了，但我们还停留在过节的兴奋中难以入睡，于是便拉着其他舍友开始了"宿舍夜话"。我们几个扯天扯地，从诗词歌赋扯到人生哲学，当然按照惯例，最终都免不了扯向一个个感情故事。

平时大大咧咧的 Summer 第一次与我们分享了她高中时的暗恋经历。她说，当时那种既想要告白又害怕失败，看到对方和其他女生在一块儿时，又担心又失落的复杂和焦灼，是最最折磨人的了。原本性格开朗、自信阳光的她在那段时间居然也开始觉得自己渺小得如同一粒尘埃，难过得不能自已。

那个圣诞节的晚上，她还特地翻出了在最难过的时候为暗恋的对象写的一首小诗念给我们听。我们谁也没想到，原来平日风风火火的 Summer 同学，居然也有过这份少女情怀，居然也写过情诗。等她念完那首诗，我打趣道："写得真好，都可以拿来当歌词了。"第二天，我真的抱起了自己心爱的小吉他，把她这首短诗改编成了一首名叫《盼雨天》的歌。虽然这首歌从来没有正式发表过，但是每每打开电脑里存着的小样，我仍然能回忆起大二那年的圣诞夜，仍然记得最初听到那首诗时的感动。

不过和许多没有结果的暗恋故事不同，Summer的暗恋故事是有个幸福结尾的——她后来鼓起勇气主动向那个男生表了白，对方也接受了她的告白。到现在，他们在一起已经快十年了。同是水瓶座，Summer可比我大胆多了。

雨果说："真爱的第一个征兆，在男孩身上是胆怯，在女孩身上是大胆。"这后半句让我想起曾经的舍友Summer，而前半句则让我想到韩剧《请回答1988》里的金正焕。

《请回答1988》一直是我放在心坎儿上爱着的一部剧，里面的金正焕，是我最爱的一个角色。"暗恋"是正焕身上一个很重要的关键词——对于青梅竹马的德善，他默默地喜欢了五年。他会在德善上补习班回来晚时而担心得坐立不安；他会一遍遍地在家门口系鞋带装作起迟了，只为等德善一起上学；他会在拥挤的公交车上用青筋暴出的手臂护住德善……

这五年里正焕为德善的默默付出，让我联想到斯蒂芬·茨威格在《一个陌生女人的来信》里写过的一段话："我的心始终为你而紧张，为你而颤动；可是你对此毫无感觉，就像你口袋里装了怀表，你对它绷紧的发条没有感觉一样。这根发条在暗中耐心地数着你的钟点，计算着你的时间，以它听不见的心跳陪着你东奔西走，而你在它那嘀嗒不停的几百万秒当中,只有一次向它匆匆瞥了一眼。"

然而,当得知最好的朋友阿泽也喜欢德善时,正焕选择了隐藏自己的心意,并最终看着德善一步步走向了阿泽。

"德善啊,我真的很喜欢你。"当正焕终于对德善说出这句饱含真心的告白时,却只能以开玩笑的方式作结。

"缘分,还有时机,不是自动找上门的偶然,是带着恳切的盼望做出的无数选择,创造的奇迹般的瞬间,毫不迟疑地放弃和当机立断,制造出了时机……搞怪的不是红绿灯,不是时机,而是我数不清的犹豫。"就像正焕的内心独白所说,犹豫和胆怯,是让暗恋最终只能成为暗恋的原因。但我们始终无法苛责这份胆怯和犹豫,因为正是这种遗憾让人生多了一种残缺的美好。

《一代宗师》里的宫二有一段台词给我留下了很深的印象,她说:"我在最好的时候碰到你,是我的运气。可惜我没时间了。想说人生无悔,都是赌气的话。人生若无悔,那该多无趣啊。我心里有过你,可我也只能到喜欢为止了。"地球上有那么多人,我们终其一生最多也只能遇见其中的千分之五。所以能够在最美的年华里遇见一个喜欢的人,这简直比中了头彩还要幸运。即使,只能到喜欢为止。

或许那些没能说出的喜欢,就是青春最美好的遗憾吧。

有一次和几位好友聊天,其中一位提到,她觉得越长大就越难去喜欢一个人了,我们都立刻点头表示赞同。回想起来,所有的暗恋和怦然,大多集中在学生时代。那时的我们,似乎很容易就被另外一个人打动,被打动的原因也五花八门。

当被问到:"欸,你当时为什么会喜欢他啊?"朋友 A 回答:"因为好看。"

朋友 B 回答:"有一次下雨没带伞,他主动问我说要不要一起走。"

朋友 C 的回答最搞笑:"当时中二,就觉得会打架的男孩酷酷的。"

年少时的喜欢,冲动、无理却又单纯,喜欢一个人的原因可以简单到一个笑容、一个顺手帮了你的举动。这种清澈透明的爱恋不论何时回想起来都很美好。

不过,倘若在年少时遇见了太惊艳的人呢?比如,那个在风陵渡口遇见杨过的郭襄。那年她十六岁,此后她的人生似乎也永远停格在了那个十六岁。每当想起郭襄的这场暗恋,我总是觉得隐隐透着一种人生的悲壮感。纵然已经知道注定没有结果,但还是选择只身奔赴这场无望的守候。

如果说爱一个人,其实是以一种悲剧的方式肯定人生,那么暗恋则是从头至尾自我完成的一场悲剧。

中国台湾作家简媜在《四月裂帛》里写道:"我知道,我是无法成为你的伴侣,与你同行。在我们眼所能见耳所能听的这个世界,上帝不会将我的手置于你的手中。这些，我都答应过了。"这些你永远都不知道的承诺，这些我能预料到的宿命，我都已经对自己，默默地答应过了。

　　暗恋就是如此，所有的兵荒马乱，都止于一场纸上谈兵的幻想；所有的惊天动地，都敛于一个故作风平浪静的躯体。它之所以成为青春最美好的遗憾，也许正因为这般怯怯的分寸感。随着成长，我们或因为世事纷杂而丢失了不顾一切的勇气，或因为一己之欲而忘却了小心翼翼的珍惜。只有年少时的暗恋，有刚刚好的分寸感。

　　想起我那几个母胎单身的好闺蜜，她们总说，长这么大了一次恋爱经历都没有。可能按照通俗的标准，暗恋的确不构成一次恋爱经历，但在我的界定里，暗恋，也应当要算的——从恋爱让人成长这个角度。《初恋这件小事》这部泰国电影大家一定不陌生，里面的女主角小水一直暗恋着阿亮学长，而影片一个重要的立意是，喜欢一个人，是愿意努力为了对方将自己变得优秀。虽然电影是完美结局，但现实中这样的完满毕竟是奢求。不过你能出现，已经是我人生里的小幸运。即使，你可能永远都不知道我曾喜欢过你。

　　余秀华写过这样一句诗："哦，我们都喜欢这光，虽然转瞬即逝，但你还是你，有我一喊就心颤的名字。"而暗恋是，那个从来不敢喊出的名字，事隔经年，只要一想到，心脏仍会一颤。

快 问 快 答

Q & 1/2/3/4/5/6

有没有被一首歌曲或一张专辑治愈的经验？它讲述了什么？

曾经有一段情绪比较低落的时期，那时偶然听到艾萨克·格雷西（Isaac Gracie）的 Silhouettes Of You，瞬间就被戳中泪点，单曲循环了很久，这首歌似乎也"以丧治丧"地治愈了我。在我的理解里，它讲述的是对一个人无法熄灭的想念。

创作灵感的来源是什么？如何接触新的音乐？

书、电影、设计、朋友以及生活里所有动人的小细节；随缘。

印象最深刻的一次现场？

大一时去看了林宥嘉在南京的一场演唱会，那是我第一次坐在内场前三排看演出，第一次觉得离自己喜欢的歌手那么近，所以印象特别深。

请分享下曾经做过的为音乐疯狂的事。

大学时我任社长期间，所在的社团准备专场演出，那时和社里的小伙伴们连续奋战了一整个月，每天都排练到教学楼熄灯，回宿舍后又继续熬夜写策划方案、节目串词等。虽然身体一直超负荷运行，但是却和打了"鸡血"一样并不觉得累，我想那大概就是"热爱"以及"音乐"的力量吧。

"我最喜欢和你一起发生的,是最平淡最简单的日常。"
——魏如萱《你啊你啊》

用一首歌或一句歌词来表现你理想中的爱情。

云村的"石头计划"。写剧本拍电影、成立自己的原创设计品牌,不过按照我的性格,应该不能完全割舍掉音乐,我会让音乐继续和其他方面融合起来。

是什么契机促使你走上音乐的道路?如果有一天不从事音乐方面的工作,你想做什么?

乐队风格融合了独立摇滚、民谣、电子。表情银行名字源自《魔方大厦》中储存人类表情的银行。
乐队敢于实验,却从不为了实验而实验。致力做出既有想象力又悦耳动听的音乐。他们编配精致、曲式精妙,作为主唱的思雨声线柔美细腻,旋律也让人印象深刻。"我们不做我们听过的音乐,只做我们想要听到的音乐。"这是一支属于未来的、不断探索自己边界的乐队。

代表作
《苍蝇为什么要搓手》
《宇航员》
《吃》
《穴居人 2020》等

表情银行 焦思雨

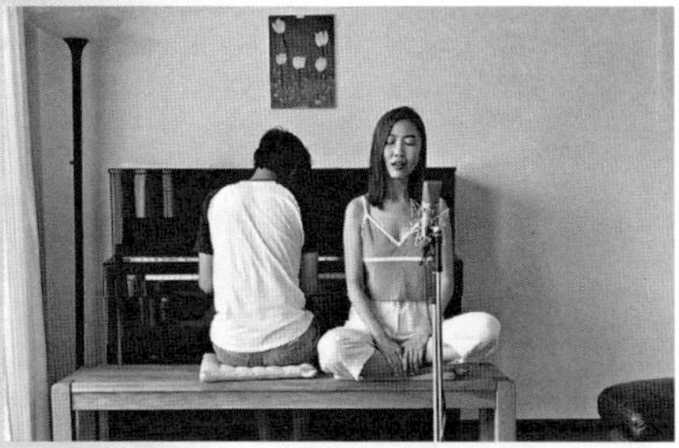

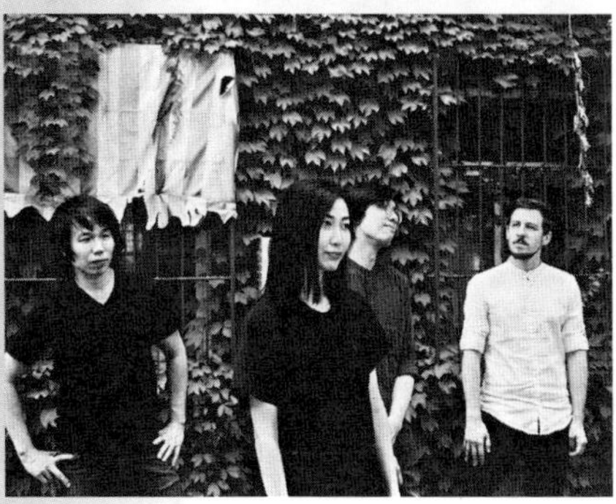

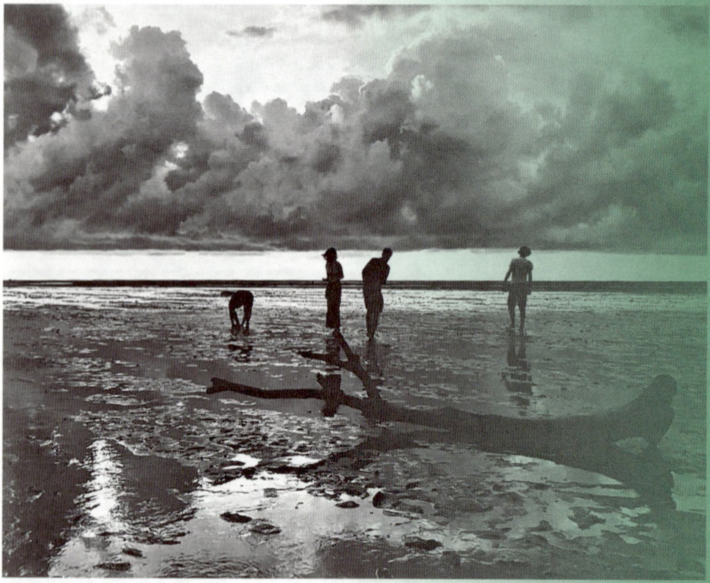

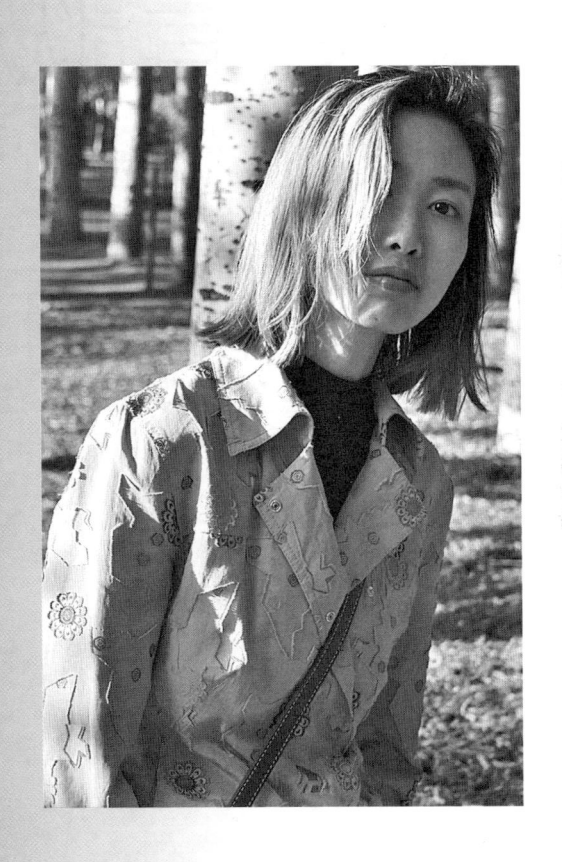

没写过
爱情歌
也有
爱情观

Intro

我是个几乎没写过爱情歌曲的乐队主唱。

不是我不想写爱情歌曲,但很多次尝试,都陷入一种无从下手的状态。人人都在写爱情刚刚发生的那个点,荷尔蒙爆炸的瞬间,或者爱情刚刚失去的那个点,荷尔蒙无处安放的那几天。确实,这两个阶段谁没经历过呢,谁没共鸣呢,所以人人都在写。每种情绪、每个角度都被人钻过,好难再找到新的美感。这种泛滥也导致写这两个阶段的文字很容易变成陈词滥调。所有相关的、不太艰涩能唱得出来的词语都被用过成千上万次,用这些词语组合成一些直白的句子,剩下的窟窿再补点有的没的勉强凑字押韵,好不容易把词写完了,来个当下流行的编配,再用一种动物式唱腔把它唱出来。怎么说呢,确实也有可爱之处,只是越来越难打动我,这也不是我和我的乐队想要写的爱情歌曲。

音乐与爱情的理性骨架

想起来以前跟乐队成员聊天的时候,大家聊到乐队分两种,一种是释放荷尔蒙占主导,就好像枪炮玫瑰;另一种是理性思维占主导,就好像电台司令。当然两种都很厉害,更喜欢哪种是很主观的事。那我自己比较关注的角度,是枪炮玫瑰不怎么持久,成员关系更容易崩,也产出不了那么多新作品,但电台司令相当持久,成员关系比较稳定,年复一年写出大量新作,音乐也从不过时,一直在时代的最前端。我个人看重可持续性,所以理想是做电台司令这一类的音乐人。并且我一直觉得谈恋爱和玩乐队有太多的相似之处,所以在爱情领域,我也是电台司令这一类的。

我本人目前处在一段非常好的婚姻里,我属于那种比较罕见的对婚姻没半句怨言的女性。所以该怎么把已经得到的爱情稳住,让它既新鲜又持久,我可能有一点点发言权。我不想再歌颂某个瞬间荷尔蒙导致的美好了,这个人人都感受得到。我想聊聊我自己的爱情观,聊聊为了爱情的可持续性,你需要用思维方式、主动、自制力搭起一个骨架,这些理性的骨架让两个人的力量场均衡并且共同增长,我觉得这才是一个良性的方向。

在时间的钢索上保持平衡

理查·林克莱特的《爱在黎明破晓前》《爱在日落黄昏时》《爱在午夜降临前》是我特别喜欢的爱情电影。用三个片段切入这两个人的生活,大量的对白展现他们俩爱情的全貌。林克莱特就喜欢做这种穿越时间长河的项目,用跨度二十七年的三部电影讲爱情这个话题,真实的时间流逝让这三部电影特别有真实生活的参考价值。我大学时期第一次看这三部电影,最近又重温了一遍,不同年龄段看都会有不同的感受。有很多别的极其浪漫的浮于现实表面的爱情电影，我当然也喜欢，但我看的时候脑子里会一直有一个声音在说"这只是电影而已"。而这三部电影深深地埋在现实中，处处都能找到自己的影子。每个人看到这三部电影都会得出自己的关于爱情的结论。

我大学看的时候，最着迷的是第一部，CD店里的羞涩对视，维也纳夕阳下的吻，胶原蛋白满满的脸，实在没法不喜欢。后来再重温，我发现自己的关注点变了，有了新的结论，我看到的是这两个人的力量场自始至终都是均衡的。第一部里他们都二十出头，杰西和赛琳娜一样聪明、耀眼、有魅力，对未来充满好奇，电量相同的正负极有势均力敌的吸引力；第二部里他们都三十出头，杰西已经是个成功的作家，赛琳娜是一个独立自主的社会活动家，两人刚重逢就聊得海阔天空，他们的视界一样宽广；第三部里他们四十岁了，已经结婚十几年，而且有了两个孩子，但两人还保持彼此从事业到人格的独立。他们的婚姻和所有婚姻一样，有棘手的矛盾，但因为两人有同等的力量，也有同样的发言权，他们的争吵与矛盾最终都趋向于平等的解决方式。

虽然不完美，但还真是我心目中理想爱情的模式。两个人"势均力敌"，而且在互相拓宽彼此。反之，一个扩张一个收缩就很危险，前年我们乐队和词人写的唯一的与爱情略微相关的歌曲就在讲这件事。这首歌叫《不治》，用双关手法讲一个人像癌细胞一样扩张，把另一个人耗空的故事。这就是我心里虐恋的样子。

主动的力量

有过比较长期的感情之后才知道这种"势均力敌"的重要性。这种均衡是多维的，品性、人格、心态、能力等各种角度，就好像有很多门课程，两人的综合成绩差不多，如果一门分偏低，那就得主动努力，或者赶紧修另一门补上来。这样说好像爱情是一场毫不浪漫的考试，但如果你不留着一份清醒的知觉，就稀里糊涂地让这段关系"顺其自然"，结果就是相对弱的越来越弱势，相对强的越来越强势，随着年龄的增长越来越不可收拾，最终把自己和对方都置于无法回头的绝望境地。记得《瑞克和莫蒂》里有一集，处在离婚边缘的贝丝和杰瑞夫妇二人去做婚姻调解，外星心理咨询工作室里有一台机器可以将他们主观认知中对方的形象变成实体，结果杰瑞心中的贝丝是一个张牙舞爪的怪物，贝丝心中的杰瑞是一只屁滚尿流的鼻涕虫。

我有个性格非常温和的好朋友，前几年他交了个女朋友，刚开始认识的时候两人相对独立，各做各的事，那时候看上去是非常甜蜜有爱的CP。但不到两年的时间，他的女朋友开始干涉他所做的一切事情。刚开始只是些无关紧要的小事，后来变成了所有触及原则的大事。结果完全不意外，他们俩分手了。后来我们聊天时说到这段遗憾的感情，我以为他会彻头彻尾地抱怨他的前女友，但他却说根本的原因是他自己个性里的软弱和被动。"她试探着让我剪个她喜欢的发型，我妥协了；她试探着让我换个她觉得好的工作，我又妥协了。这样妥协几次以后她就不试探了，很自然地变成了要求和命令。"我很惊讶在力量场不均衡的情况下，一个人这么快就可以得到几乎全部的发言权，另一个人就可以躲避退让到看不见的小角落，最终相处模式固化，想回去都变成了不可能的事情。其实他们的感情还很深，但不得不分开，很伤心又伤神。

在这种情况下大家总会同情弱势的那一方，觉得都是强势那一方的错，但对错真的很难讲。两个人的关系一定要两个人一起主动用力的，强势的那一方要主动控制自己，弱势的那一方也要主动改变自己才可以。面对着无原则的退让，人就会无意识地扩张，就像癌细胞一样。这是亲密关系里人的本性。

不要被伪女性主义骗了

接下来这段写给女孩们。我想到了另一部非典型爱情电影，叫作《莫娣》。它是一个真实人物的传记，讲的是二十世纪中叶加拿大民间女艺术家莫娣和他的钢铁直男糙老公埃弗雷特的故事。莫娣患有严重的关节炎，这让她的容貌异于

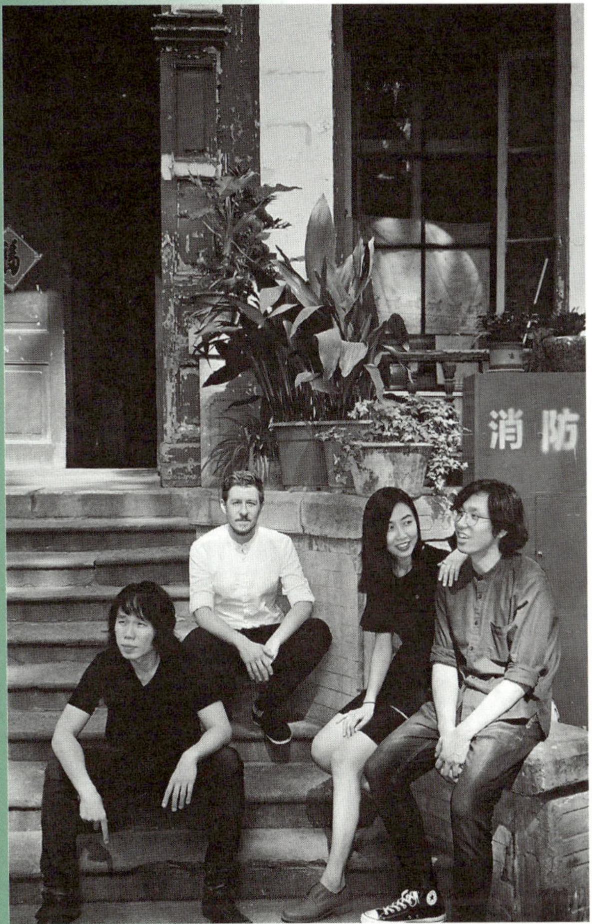
消防

常人。本来家境还不错的莫娣经历了父母过世、房子被卖,最后她站在了鱼贩子埃弗雷特的家门口,应聘做他的女佣。

刚到埃弗雷特家的时候,她是两人中极弱势的那一个,没有任何话语权。对于糙汉埃弗雷特,她的存在价值就是一个手脚不怎么麻利的女佣。但生活的痛苦没有抹去她的创造力和好奇心,她拿起画笔开始在房间里涂涂抹抹。刚开始埃弗雷特完全不懂她在干什么,只要求她不要耽误了做饭扫地。后来她画的贺卡卖出了几美分,再后来渐渐有人上门想要买她的作品。慢慢地莫娣赢得了埃弗雷特懵懂的尊重和支持,她教会了他怎么爱、怎么包容。最终他们变成了谁也离不开谁,相濡以沫的一对。

"I don't like most people."
"Most people don't like you……I like you."

这两个有残缺的人最终能依偎取暖,都是因为莫娣作为女性特有的力量:在破碎不堪的生活里她从来没丢掉自己,想做的事说动手就动手。她非常清楚自己要的是什么,不卑不亢,不吝啬也不贪婪,这是我最羡慕的部分。甚至于她的作品卖了好价钱以后,连家都没有搬过,还住在那个十几个平方被她画满了蝴蝶、天鹅、花、云朵的小房子里,直到离世。

女性确实更难以保持不卑不亢的状态,在大环境中如此,亲密关系里也是一样。因为整个社会对女性的注视,真真假假女性主义的泛滥,女性比男性更容易失去平衡走向极端。生活中我们经常看到的一种极端就是寄生于男方的女性，要车要房要包，依赖男人的豢养，男方一旦没了感情，人生就立刻垮掉。这种失衡很典型。另一种极端近年来也势头正劲，就是被伪女权鼓吹起来的"大女人"，老娘能干能赚钱，又富又美，所以就可以随意挑自己爱的，把男人玩弄于股掌之间。这种奇怪的范本又变成了很多小女孩的梦想。是啊，女性当然需要被尊重，也有主动选择爱情的权利，但另一个极端跟大男子主义有什么区别呢？人的身心构造这么复杂，在这种片面的设定下，即使得到幸福，也是片面的幸福。

从这个极端到那个极端之间有无数的平衡点。所以作为一个被注视的、依然被整个社会相对苛刻要求的女孩，不但要清楚自己在亲密关系里要的是什么，还要清楚自己生活在这个世界上要的是什么。每个人都有自己理想的平衡点，清楚了之后再用女性特有的力量慢慢去找那个平衡点，这样两人的关系才能达到最稳定的状态，爱情才可以一直继续下去。

outro

我是个几乎没写过爱情歌曲的乐队主唱。

今天零零散散地聊了聊我的爱情观。我喜欢慢慢从生活里得出一些结论。

至于什么时候能写出好的爱情歌曲，我想可

能不会故意发力吧。虽然现在还难动笔,但是我从来没停止琢磨。就这样一边往前走,一边感受,一切顺其自然好了。

207

快 问 快 答

Q & 1/2/3/4/5/6

有没有被一首歌曲或一张专辑治愈的经验？它讲述了什么？

治愈有点太多了，我倒是想说说被深深伤到的经验。前两年听到一张有生以来听过的最悲伤的专辑，是 Mount Eeire 的 A Crow Looked at Me。2015年 Phil Elverum 的妻子 Genevieve Castree 生下他们第一个孩子后被确诊为胰腺癌末期，2016 年 6 月在花光所有积蓄后他们在募捐网站 GoFundMe 上寻求帮助，7 月 9 日 Genevieve 在家人和丈夫的陪伴中去世。2017 年，Phil 发了这张写给妻子的专辑。

创作灵感的来源是什么？如何接触新的音乐？

创作灵感来自自己的生活和别人的生活。接触新的音乐肯定靠自己主动去找。

印象最深刻的一次现场？

我自己的演出印象最深的是在德国柏林人民剧院，跟着现场放映的动画演出的一次现场配乐。

我看过的演出呢，可能是在杜塞尔多夫看的 Sigur Ros，从舞台到表演，每个细节都太完美。自始至终热泪盈眶。

请分享下曾经做过的为音乐疯狂的事。

逃学彻夜不睡排练，第二天直接演出算吗？

用一首歌或一句歌词来表现你理想中的爱情。

迈克·海德拉(Perfume Genius)的Hood。"You would never call me baby, if you knew me truly. Oh, but I waited so long for your love"太脆弱了,太美了,太感动了!

是什么契机促使你走上音乐的道路?如果有一天不从事音乐方面的工作,你想做什么?

什么契机呢,也许是一时糊涂吧,哈哈哈!如果不做音乐了,那我想做个动物饲养员,或者做个厨子。

狂

欢

现就读于中央戏剧学院，2018级影视表演本科班。

2018年3月，个人音乐视频网络点击量突破二千万次。

2018年8月，于杭州、上海、南京等地举办首度个人巡演"遇见你是一件不可思议的事情"。

2019年，歌曲网络播放量突破三千万次。

代表作
《看客》
《懂我说什么吗》
《我不是一只猫》
《说起来》等

刘欣然

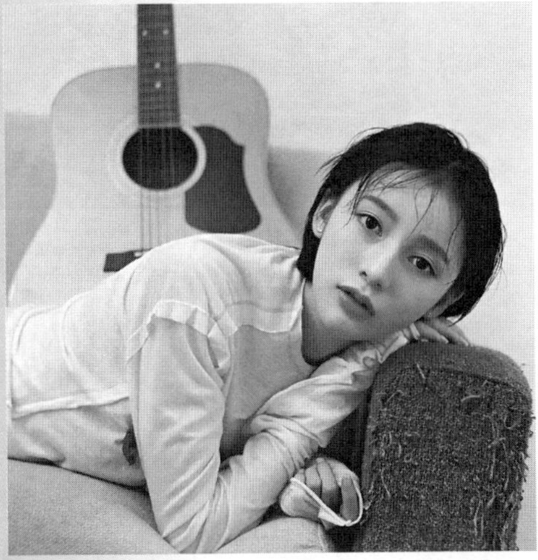

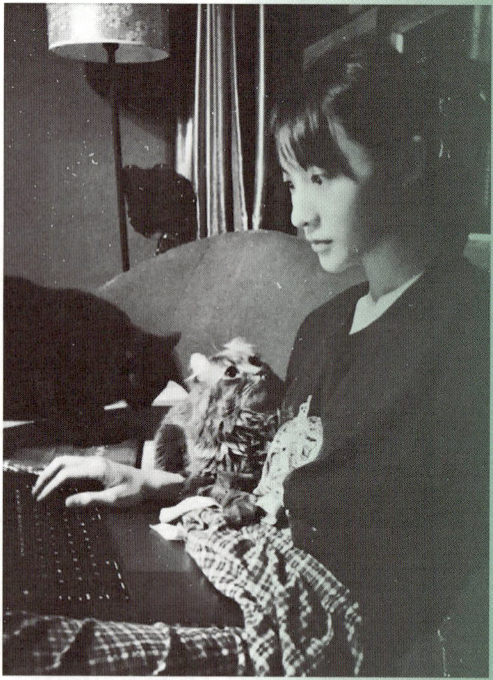

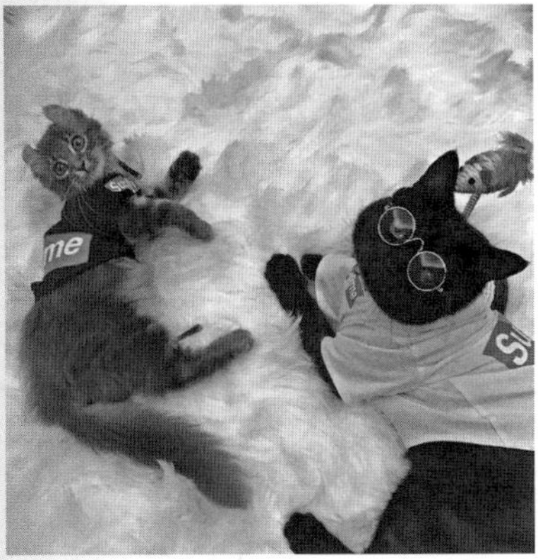

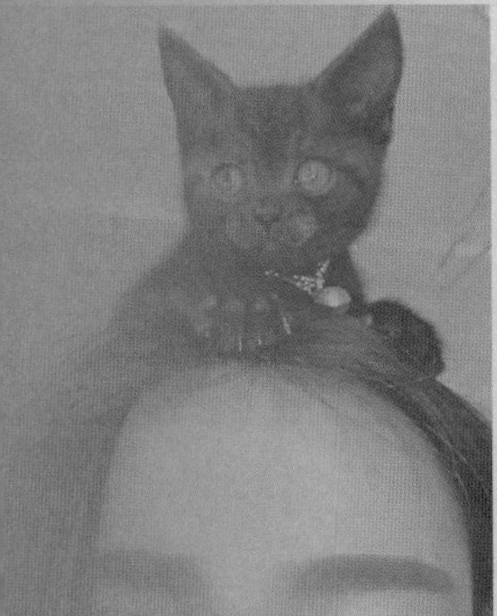

我和两只猫的情愫

前言

我养猫有三年了,家里有两只猫,第一只猫叫 Blackie(奇奇),是一只纯黑色的美短。偶然在朋友的朋友圈中看见它,一窝银渐层,只有它一只黑不溜秋的小东西躲在所有猫的身后,当时我一眼看中了它,心中决定:它就是我的宝宝了!第二只猫叫 Lucky,正如给它起的名字一样,它确实给我带来了好运。

奇遇

高二的时候我有了我的第一只猫——Blackie(奇奇)。它是一只银色渐层的美短,因为呈现出来的颜色偏黑,所以起了这个名字。其实这只猫咪是我用先斩后奏的方法抱回来的,因为家人不太赞同我养猫。特别是外公,因为他小时候被猫狗攻击过,所以导致他这一辈子都非常害怕猫猫狗狗。但是后来发生的一件事,彻底改变了家人对我养猫的态度。

小黑猫 Blackie 在它一岁多的时候"救了"我和妈妈一命,当时是要带着它开高速,所以我和妈妈都在家整理东西、下楼倒垃圾,为出发做准备。突然听见 Blackie 很大声地跳进一个袋子里躲了起来,我们以为它干啥坏事了就没太在意,接着我们就说要下楼,Blackie 一听见我们要下楼就疯了一样冲我们叫,那种声音是我从来

221

没有听见过的，像是小朋友哭的声音。我们尝试了很多次，只要一说下楼或者一离开它的视线范围，它就像发疯一样。过了半小时，它恢复了平静，妈妈下楼倒垃圾，结果得知半小时前楼上施工的吊机从上面掉下来，砸死了一个人。我们恍然大悟为什么刚刚Blackie誓死不让我们下楼，如果再早一点下楼，也许被砸的就是我们。后来Blackie昏睡了一天一夜都没睁过眼，妈妈说它是为了保护我们而费了太多的元气，需要休息。这件事之后，我们全家都喊它"黑猫警长"，并且原本对猫咪有偏见的外公也变得很关心Blackie，总是问："奇奇吃了没？奇奇该吃饭啦！""奇奇被家里阳台的一只大虫子吓到了！""奇奇跑哪儿去了，是不是门开着它乱跑跑丢了？！"

第二只猫是我高三艺考之后养的，一只卷耳长毛猫（不是折耳，基因是没有缺陷的）。当时刚搬家，家里蚊子比较多，于是合计着再养一只猫帮我吃虫子（这是借口，其实就是想养），无意间看见了一个品种——美国卷耳猫。它的耳朵是翻上去长的，还会发出"咕咕咕"像松鼠一样的叫声，比小精灵还要可爱！当时就决定要带它回家，加了猫舍老板的微信后，她听到了我朋友圈里我自己唱的歌曲，竟然决定把这只猫送给我！于是这只可爱的Lucky就是我的猫啦！Lucky是一只"会说话"的猫，它会把它对我的爱全都表现出来，第一晚睡觉的时候把它放在卧室外面,它就一直叫个不停,非要你在它视线范围内才安心。所以从小到大它都是一只跟屁虫,吃饭跟着、洗澡跟着、上厕所跟着、睡觉跟着,无论我做什么它都会在身边陪着我。只要一离开它的视线,它就会发出一种撕心裂肺的吼叫声。有时候和它四目相对,我甚至觉得它就是另一个我,能读懂我的喜怒哀乐。与其说它是我的猫,不如说它是我最好的朋友。

时间

　　Lucky 来了之后,我发现养一只猫和两只猫的差别还挺大的。记得第一天带 Lucky 回家,Blackie 是非常接受不了的,一直对着 Lucky 叫,Lucky 就蜷缩在角落里……其实 Blackie 也很害怕,不过这应该是猫的本能吧。两只猫都炸着毛,硬生生大了一圈,起初我想拉架,但发现真的只有时间才能治愈。这和人与人之间的相处简直像极了,只是人更擅长伪装自己,而动物直接很多。随着时间一天天地推移,它们也慢慢接受了对方,之后的相处就越来越融洽啦。我真的觉得对于猫来说,有一个伙伴非常重要。两只猫追逐打闹也不会那么无聊,对于养猫的我来说也多了很多乐趣!

　　最早想养猫的时候是觉得猫特别可爱,后来才知道养猫并不是靠着喜欢小动物的一番热情与爱心就够了的,要有一颗过了三分钟热度劲儿之后的责任心,甚至上升得高一点,养宠物是需要有道德心的。养了宠物,就意味着要对它的一生负责。套用结婚誓词可以这么说:你养了宠物,就要与它同住,在神面前和它相依为伴,爱它、安慰它、尊重它、保护它,像你爱自己一样。不论它生病或是健康,始终保护它,直到它离开这个世界。

　　说到这里,突然察觉到现在已经快成半个兽医的我,在这三年的陪伴后已经能很清楚地分辨猫的很多种皮肤病、肠胃问题等,除了这些疾病以外,还有发情、绝育等诸多问题等着你,家里的沙发也是千疮百孔……虽然这些给我增添了很多烦恼,因为在我忙碌的学习之余,还要兼顾到两只猫,要抽出时间去照顾好两只猫,每天还要像挤牙膏一样地挤出课余时间去陪它们玩、和它们说说话,但是人的感情不也是这样吗?感情是相互的,这可能也是我喜欢猫大于狗的原因吧(不是说狗不好,我也很喜欢狗)。狗对主人绝对忠诚,甚至主人对狗不好,但狗依旧对主人很好,猫不是。你的付出会有回报,但不要指望它可以像狗一样任你摆布。和人的交往一样,时间会诠释一切。所以每次出门在外想着家里有两个小家伙在等着我、需要我的时候,真的是归心似箭啊。这样说起来,好像是我需要它们更多一点。

尾声

养猫是一件很治愈的事,我自己心情不好的时候看看猫就会觉得开心很多。前段时间看了《波西米亚狂想曲》,得知皇后乐队的主唱有猫咪,后又得知吉他手也有猫,更加想对做音乐的同僚们唠叨一句:你离成功还差一只猫!哈哈哈,养猫之后生活变得更加丰富了,它们陪伴着我成长,虽然不能和我说话,但是陪伴着就觉得很安心,希望它们可以一直健康开心!

快 问 快 答

Q & 1/2/3/4/5/6

有没有被一首歌曲或一张专辑治愈的经验？它讲述了什么？

左小祖咒的《小莉》,这首歌收录在专辑《你知道东方在哪一边》里。不管左小祖咒的这首歌是写给谁的,当我听到"洒在我身上的忧愁阳光啊,只有你才知道我的心肠。如果我能利用现在的时光,会把我对她说的情话说光"这句歌词时,就觉得这是我听过的最打动我的情歌了,也是我最渴望的爱情状态。

创作灵感的来源是什么？如何接触新的音乐？

创作的灵感来源于生活,多听歌,听不同风格的歌,看各种各样的音乐排行榜。

印象最深刻的一次现场？

周杰伦2010年跨时代巡回演唱会,上海站。

请分享下曾经做过的为音乐疯狂的事。

开了《遇见你是一件不可思议的事情》这场演唱会。

"小莉啊,小莉啊,小莉啊……小莉啊……"

用一首歌或一句歌词来表现你理想中的爱情。

交到了一个喜欢音乐的朋友,认识了朋友的朋友,也是他们帮助我走上了音乐的道路。

想当兽医。

是什么契机促使你走上音乐的道路?如果有一天不从事音乐方面的工作,你想做什么?

居住在杭州的独立流行音乐创作人、录音师、古着店JunkMart的店员。他的音乐大多是在自己的卧室里创作出来的，记录无聊生活中的点点滴滴，讲述在潮湿的杭州发生的都市爱情故事。

代表作
《星期天浪漫商店》
《肥肠爱你》
《幻想中华街》等

舒大卫

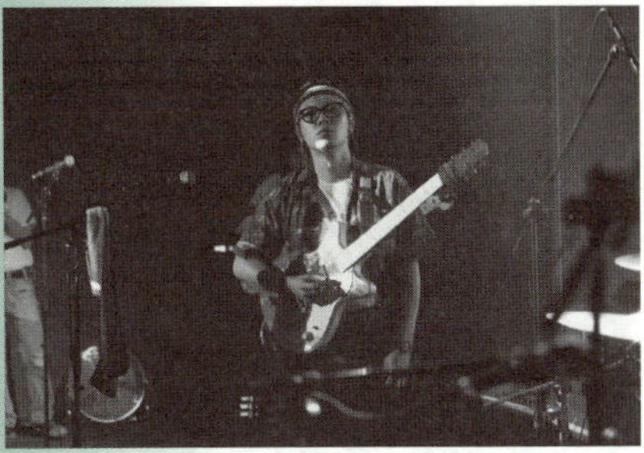

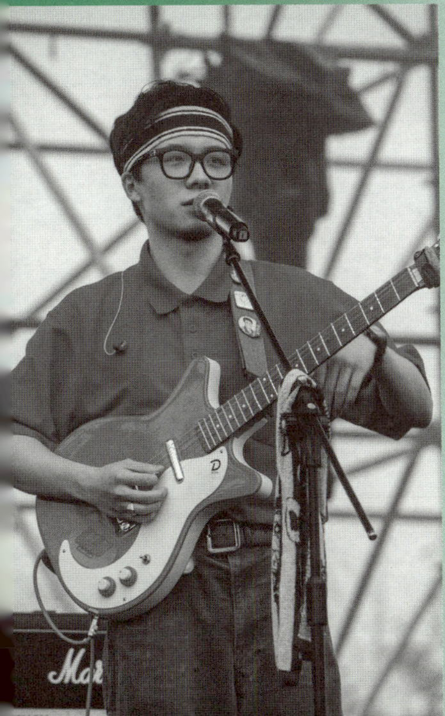

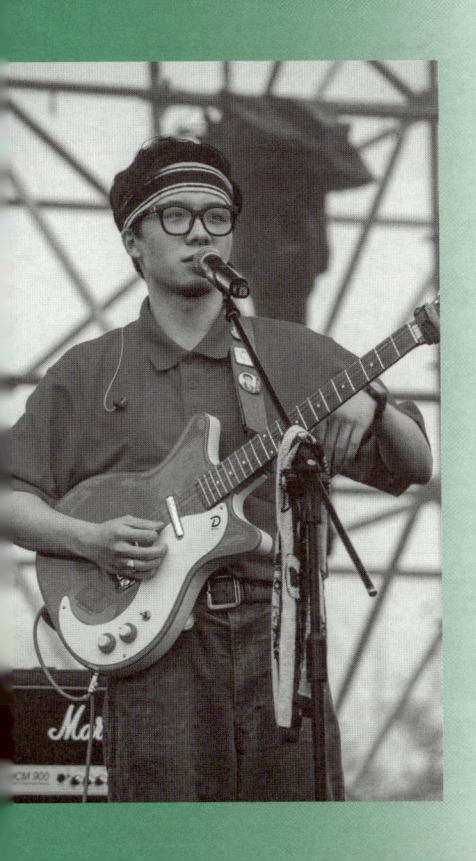

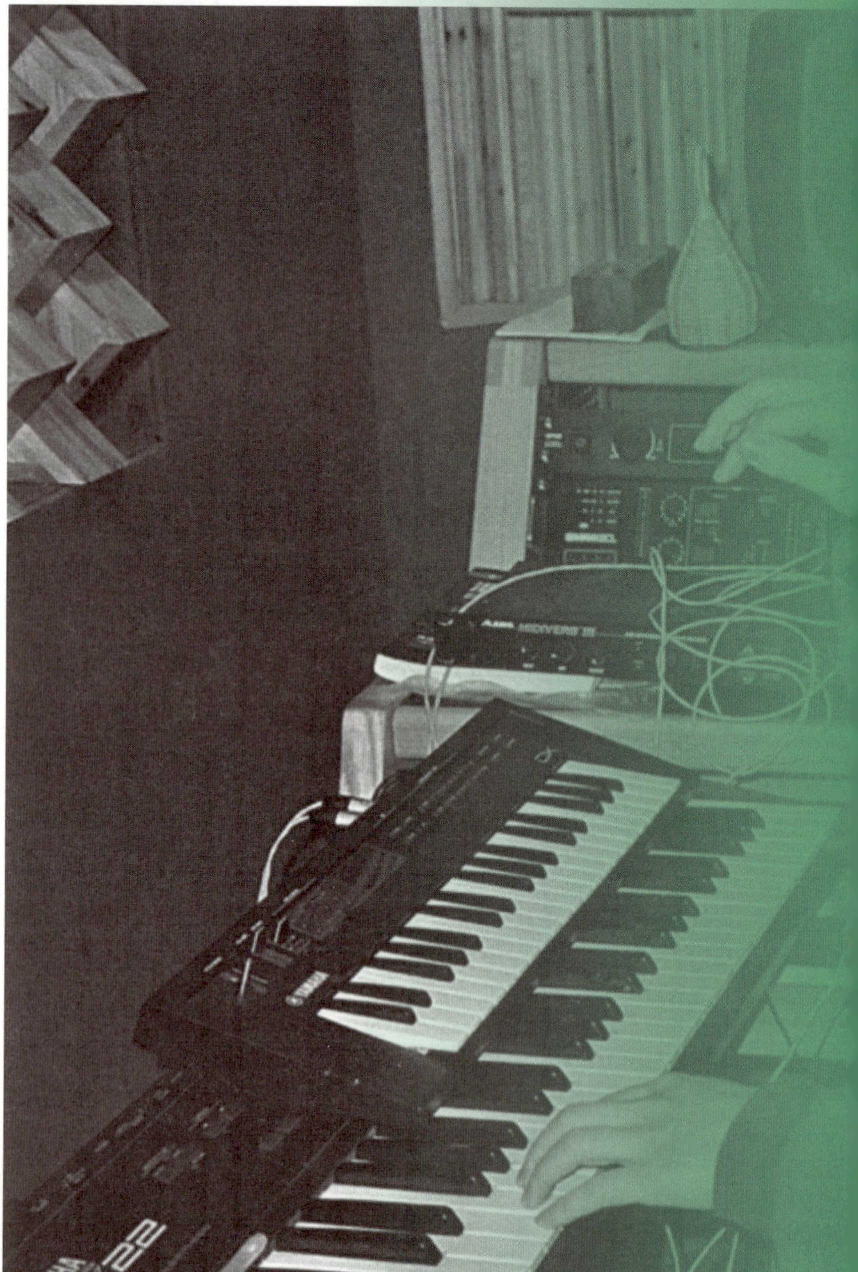

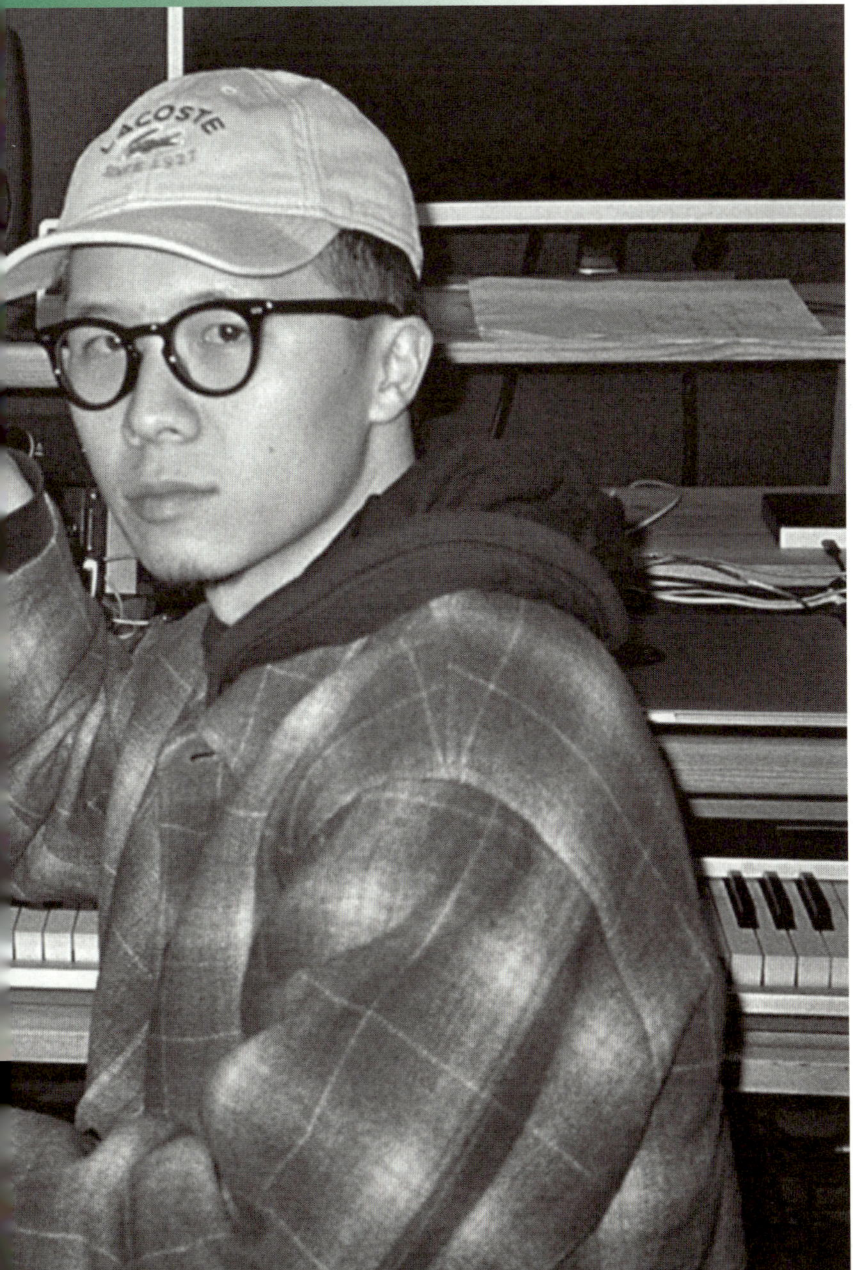
LACOSTE

星期天浪漫商店——舒大卫和他的都市情歌

2017年的一个夏夜，我和CatSon一起吃宵夜，聊起了一个朋友的趣事。那段时间，我们的古着店JunkMart开业不久，朋友和客人络绎不绝。我们的一位朋友对店里的一位女生颇有好感。因为他平时算是个很严肃的人，但他在跟那个女生聊天的时候，会时不时看着手机屏幕，嘴角上扬，露出幸福的微笑。CatSon和我聊着这个朋友的暗恋行为，觉得又可爱又好笑。因为他们在朋友面前不会当面聊天，即使是面对面也要发微信交流。微信聊天的时候可以各种俏皮耍宝，现实中却不敢表达，还要装出一副酷酷的样子。这种反差反而带出了一种很有趣的感觉。

　　因为很有画面感，吃宵夜的过程中，我们甚至还幻想了一下如果拍MV要怎么拍。要讲述在店里发生的事情，一般的叙事角度就很普通，所以我们想用第一视角来进行，有一种我们躲在幕后偷偷看着他们的感觉。女孩在店里做着自己的事，微微的虚焦，灯牌下的女孩看着咖啡杯和唱片无聊地托腮，把玩着手机，有一句没一句地回着微信。门后面带着外卖来看她的男生在等待着她回自己的信息……

　　吃完炸串，我和CatSon就分头回家了。

　　几天之后我正在上班，和CatSon聊起那天吃宵夜时谈起的事。我说倒不如真的写成一首歌。无聊的时候灵感总会被无限放大。当时的我经常听濑葉淳、唾奇、YAKENOHARA、七尾旅人这类的爵士嘻哈，真的很放松。之前我大多时间都在做独立流行风格的音乐，就想着做一首自己完全没有尝试过的风格，比如爵士嘻哈。这里提一下，爵士嘻哈起源自二十世纪二十年代的爵士乐，之后受到各类爵士乐的影响，最终在二十世纪八十年代完成了和嘻哈的完美融合，成为一种全新的音乐风格。我用 GarageBand（苹果公司编写的数码音乐创作软件）花了十多分钟做出了一段伴奏，旋律完全是凭空而来的。把鼓、电钢琴和合成器的律动简单记录了下来。然后我把这个小样发给了 CatSon，他很快创作了歌词给我，包括歌曲里面的说唱词。因为朋友的故事我们非常熟悉，所以内容一下子就被填满了，当时我们给这首歌取的名字是《快乐星期天》。

当时嘻哈节目正在热播，我觉得这首歌的律动做成爵士嘻哈非常合适。最初的打算是我自己既唱说唱又唱旋律，但录了几次小样，觉得自己声音太软，唱不出歌词里表现的强装冷静但心里火热的感觉。我是个自信心没那么强的人，当时就想换个人来说唱，刚好 CatSon 那天在录音棚，就半开玩笑说，不如让他唱，反正一下子也没找到合适的人。他之前没唱过说唱，唱歌还容易走调，说唱的时候老是掉拍。但湖南普通话和稍带压缩感的声音听起来又有喜剧说唱的感觉，这种效果还挺有趣的。所以我决定自己只负责唱高潮部分就好了。这首歌后期的编曲混音都是我自己完成的。

录这首歌的录音棚在一个麻将馆里面。进去

以后要走过好几张麻将桌,在一扇很厚的隔音门后面才是录音室。录音的时候还经常有麻将馆的客人跑进来上厕所,充满地下感。当时录制的时候,我们完全不知道这首歌最后会呈现出怎样的效果,心里也很没底。当时就有一个录音棚的工作人员,听到旋律以后说很好听,还说CatSon的这种说唱唱腔很特别。听他这么说以后,我好像觉得这首歌有戏。

作为我最爱的音乐风格,都市流行是我在编曲时就想要加入的元素。都市流行是一种轻松柔和的音乐,融合了抒情爵士、融合爵士以及放克风格,是日本独有的音乐类型,而小号或者萨克斯又是都市流行的常客,体现精致又慵懒再合适不过。我找到了朋友路罕罕,他正好有一只吹奏MIDI控制器,这是一个很奇怪的物件,把它挂在脖子上,抬起头能吹出颤音,咬它能改变音色,真的很好玩。当他吹得起劲时,我就赶紧按下录音键,一段即兴小号独奏诞生了,就是最终大家听到的那一段。都市流行也少不了弹跳的吉他,就像我的偶像山下达郎、角松敏生(两位都市流行大师)一样,我弹着闷音吉他,想象回到二十世纪八十年代纸醉金迷的街头,空气里也是浪漫的气息。

拍摄MV的地点在我们自己的古着店JunkMart,女主角找了朋友之中最漂亮的女生。导演是CatSon,拍摄的工作人员都是朋友,还临时组建了一个小型乐队在里面出演。几乎可以说是零成本的MV,大概半天时间就拍完了。借来的小号根本没人会吹,帮忙做字幕的男生萨卡穿得很复古,我们就让他来试试看。其实大家根本没抱希望,结果他居然像会吹一样,演技真的很好哦。

快问快答

Q & 1/2/3/4/5/6

有没有被一首歌曲或一张专辑治愈的经验？它讲述了什么？

惠特妮·休斯顿 Whitney Houston 的 Saving All My Love for You。讲的是婚外情的故事。

创作灵感的来源是什么？如何接触新的音乐？

通常是我喜欢的音乐，从中间听到了新的可能，组合我已知的音乐知识，结合当下的感觉，开始创作。每天听 APP 电台推荐的新歌，上网看古老 MV 和 LIVE。

印象最深刻的一次现场？

酷玩乐队在曼谷的演唱会和水曜日的巡演。

请分享下曾经做过的为音乐疯狂的事。

去日本看 Summer Sonic 音乐节，站了十几个小时，直接治好了我的失眠。

WHYNOT 的《无法度按捺》(真的很好听)。

用一首歌或一句歌词来表现你理想中的爱情。

大学是录音专业,发现能自己录歌实在太方便了,于是开始写歌创作,然后录下来。应该会去唱片店当店员。

是什么契机促使你走上音乐的道路?如果有一天不从事音乐方面的工作,你想做什么?

跨界作曲家、唱作人。耶鲁硕士，音乐被称为"难以驾驭""离经叛道""与众不同"（《纽约时报》《中国日报》、欧洲媒体等）。从林肯中心、柏林爱乐厅到实验小剧场，她跨越交响乐和电子摇滚乐的作品上演于全球各类舞台。她的歌曲全部由她本人完成词曲创作和编曲。

代表作
《水边的武士》
《先知》
《女王与解梦师》等

王斐南

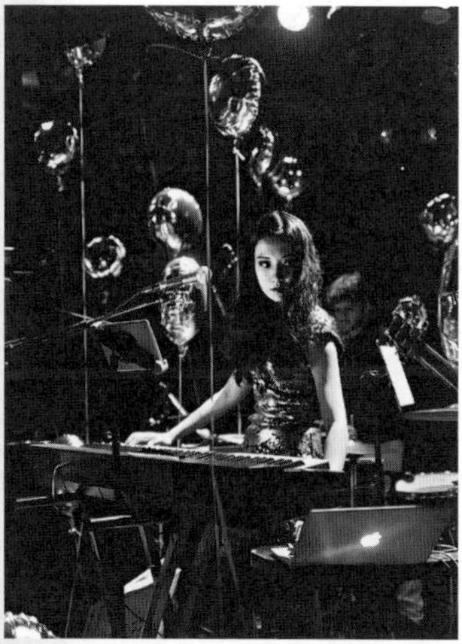

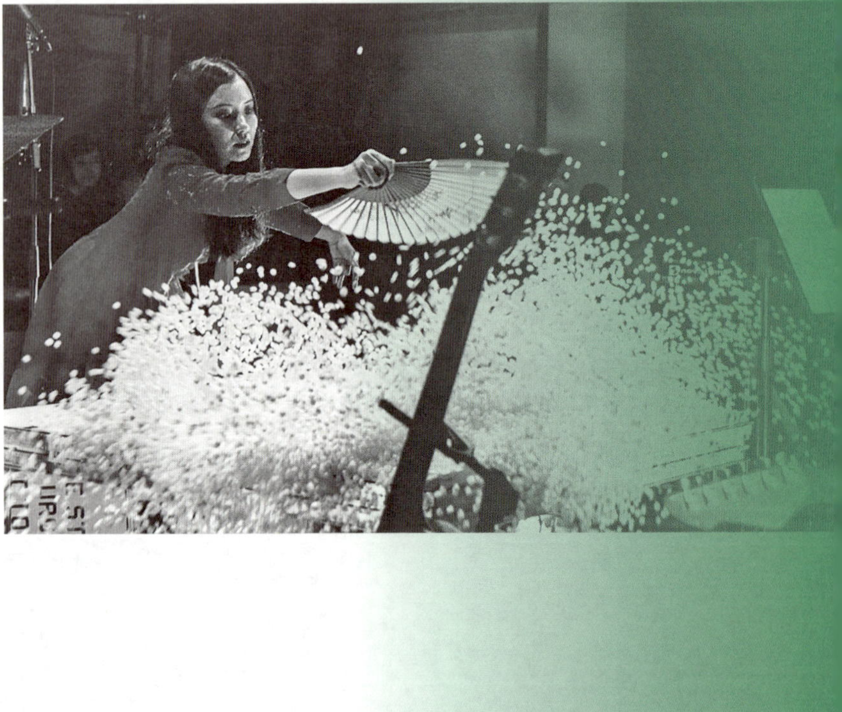

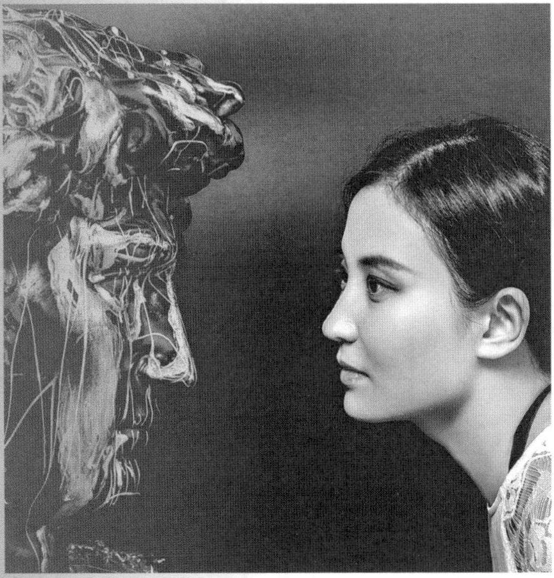

"超现实"影像中,那些"后现代"的奇异声响

在古典音乐与流行音乐相交接的二十世纪，产生了"后现代主义"音乐，它从古典音乐的概念，渐渐转化为整个人类社会文艺领域的新概念。在时下，一首流行歌曲的魅力，并不只在于它的旋律和歌词，编曲和配器恰恰如同人的衣妆，是最重要的一部分。而编曲，并不仅仅止于我们常说的"四大件"（吉他、键盘、贝斯、鼓），而与其他乐器和采样音色等的结合，也象征了一种"后现代"的面孔。很多歌曲甚至借鉴了古典流派里"后现代"音乐的风格与手法，如噪音、拼贴、简约派、具体音乐、微分音乐、世界音乐等。在这里，我给大家介绍一些，在科幻、奇幻、爱情、伦理电影中，那些承载着"奇异声响"的歌曲。

《I 型起源》

歌曲：Motion Picture Soundtrack
艺人：电台司令（Radiohead）
亮点：印度手风琴、竖琴、失真弦贝斯、歌名、反潮流

电台司令在二十世纪九十年代初以 Creep 作为单曲出道，一炮而红，然而主唱汤姆·约克在之后却恨透了这首大众深爱的"滥俗"歌曲，甚至每次演唱会当歌迷要求听 Creep 时，都会主动拒绝。据传说吉他手因为觉得这首歌太俗，创作时刻意在副歌来临前，加入了极端刺耳的几下扫弦来"吓唬"听众，然而却成为了"一道亮

景"的标志性音色，影响了后来的很多乐手。

神奇的是，Motion Picture Soundtrack 这首歌，竟然和 Creep 是在同一天创作出来的。然而前者却在八年后才发行，收录在专辑 Kid A 中。这是一张"去僵尸粉"的专辑，因其晦涩和艺术化的内容、旋律和编曲，让许多因 Creep 这类大众歌曲而疯狂热爱电台司令的"假粉"表示不解，然而却被 Pitchfork 等专业乐评媒体评为近年来最伟大的专辑，也是乐队走向更加具有先锋和实验性的独立摇滚乐队的分水岭。

《I 型起源》讲的是一位生物学家在一场事故中痛失爱人，后来在研究中发现人类的虹膜特征会重复出现，而新生人会与前人存在相似的记忆。于是他找到了和死去爱人有着相同虹膜的印度小女孩，在与她相处的最后时刻，一个震慑人心的细节"证实"了"灵魂"的存在。而在结尾处响起的 Motion Picture Soundtrack，将催人泪下的场景推至高潮。个人认为这是一部精致而深情的伦理片，但因其"伪科学"的内容被一些科幻人士批评。

贯穿整首歌的和声伴奏，是名为印度手风琴的乐器音色，恰巧在电影中，小女孩的国籍也是印度。然而，印度手风琴却并非印度本土乐器，是十九世纪时由欧洲传入印度的。第二段主歌出现了竖琴在高音区的琶音，但听起来不太像真人的演奏。竖琴起源于古波斯，这也恰巧与电影的"起源""古老"与"衍变"等概念相对应。同时,编曲上又运用了覆盖失真效果的弦贝斯作为凝重的长线低音,以及在第二遍副歌时,加入了仿佛"天使"之声的拟人声音色。

这首歌的歌词甚为粗简,并没有特别的意义,但是最后一句"I will see you in the next life"正对应了电影"与你来世再见"的主题,而歌名又莫名其妙地叫 Motion Picture Soundtrack。在 2016 年的科幻剧《西部世界》里,当主角之一的克隆人梅芙"觉醒"后,"参观"公司里自己的同胞被设计、制造、洗脑和杀害的整个流程时,响起了 Motion Picture Soundtrack 这首歌的弦乐四重奏版本,把观众带进一个沉重思考的世界,而剧里的一句台词也跟这首歌的最后一句歌词一样,"I will see you in the next life"(来世再见你)。

推荐歌曲:
电台司令 Motion Picture Soundtrack
弦乐四重奏 Motion Picture Soundtrack
电台司令 Creep

《美丽心灵的永恒阳光》

歌曲 1: Mr. Blue Sky
艺人: 电光乐队(Electric Light Orchestra)
亮点: 灭火器、声码器、微分音钢琴、拼贴、引用经典、音乐戏剧

《美丽心灵的永恒阳光》大概是科幻、爱情类电影中最经典的作品之一,来自奇幻编剧大师

查理·考夫曼之笔，也是喜剧明星金凯利自《楚门的世界》之后又一部转型代表作。电影充斥着温馨与忧伤、浪漫与绝望、诙谐与冰冷的矛盾情感色彩，以及神秘离奇、天马行空的情节和镜头。

全片的配乐清新忧郁，时而凝重，时而像片名一般，在晦暗的世界里透着来自美丽心灵的永恒阳光。电光乐队的主创杰夫·林恩曾在两个星期的阴霾天里，没写出一个音符，当阳光终于出现时，他瞬间写出了 Mr. Blue Sky，以及一口气写出另外十三首歌曲。歌曲被称为"类披头士"风，因其编曲手法是向披头士乐队的 Martha My Dear 和 A Day in the Life 致敬，同时，尽管旋律和气质完全不同，歌曲的前四个和弦，取用了披头士乐队 Yesterday 的前四个和弦。

整首歌曲的节奏部分，覆盖了打击乐器牛铃的音色，然而现场演出时，打击乐手却是用鼓槌敲击灭火器来演奏的，从而创造了一种标志性的声响。歌曲中还拼贴了比吉斯乐队的人声变形材料、拉赫玛尼诺夫的交响协奏曲，以及引用各种披头士乐队的配器手法，比如 Penny Lane 中间的钟铃声，Abbey Road 专辑里的吉他琶音等。而它本身自带的编曲风格也极有特点，比如个性十足的弦乐演奏法，间奏里柔韧帅气的吉他独奏，史温格无伴奏合唱团悠扬的伴唱，以及类似经典动画短片 Sparky's Magic Piano 里"跑调"的旧钢琴音色，又似乎是一种对于"微分音乐"的"通俗"借鉴。而最令人印象深刻的，是大篇幅"声码器"的运用，在间奏和歌曲的后半段，经常出现一个古灵精怪的人声在反复唱"Mister blue sky"，而在歌曲的最后，又插入了一句歌词含糊不清的声码器唱句，大多数人都会以为又是一句重复的"Mister blue sky"，然而它的歌词却是"Please turn me over"，即提示黑胶唱片的听众："这是最后一首了，请翻面。"不禁感叹，这是多么风趣可爱又有新意的唱片制作呢！一首歌曲并非单独的存在，而是和整张唱片联系在一起，而一张唱片也不是分散的歌曲，而是像一部音乐戏剧一样有着精致的结构和巧妙的细节。

推荐歌曲：
电光乐队 Mr. Blue Sky
披头士乐队 Martha My Dear、A Day in The Life、Yesterday
Sparky's Magic Piano
拉赫玛尼诺夫交响乐

歌曲2：Everybody's Gotta Learn Sometime
艺人：贝克（Beck）、詹姆斯·沃伦（James Warren）
亮点：古筝、失真吉他

这首电影的主题歌，在金凯利的角色"闪回"至失恋在车里痛哭的场景中，第一次出现。原版是由乐队 The Korgis 的詹姆斯·沃伦创作的复古新浪潮风格的歌曲。沃伦当时只用了十到十五分钟就创作出了这首歌，之后制作人大卫·洛德加入了编配和弦乐队。

原版歌里最特殊的乐器是古筝，这在西方流

行乐里出现是很罕见的。贝克翻唱的版本更加深沉忧郁,编曲也更贴近电影原声配乐的色彩,而似乎每一句之后,在低音处也有一种似贝斯又似古筝的音色,很难分辨是否也使用了古筝。而间奏处的失真吉他独奏,与弦乐和电子采样音色的"对话",更赋予了歌曲神秘奇幻的效果。

这首歌的歌词也与电影里消除失恋的痛苦与对爱人的记忆这个主题非常呼应,但它所表达的远不止于恋爱关系,而是全人类共同面对的、对于个体痛苦与集体痛苦之间的联系。我们活在这个星球,彼此与万物都是相联系的。当面对痛苦时,后退一步,离开自己的小世界,从其他角度来观察自己的困境,也许一切就变得清晰起来。从大的格局来看,我们的个体痛苦就不算什么了。因为我们每个人在某个时刻都需要学习和成长——Everybody's Gotta Learn Sometime。

推荐歌曲:
贝克 Everybody's Gotta Learn Sometime

《降临》

曲名: On the Nature of Daylight
　　　　Heptapod B
艺人: 马克思·李希特(Max Richter)
亮点: 后简约派、拼贴、具体音乐、合成器、树木、录音技术

《降临》又是一部套着"科幻"外衣,讨论的却是人性情感、万物间的联系、时间起源、沟

通、界限、选择、个体意识、宿命主义等哲学问题的电影。故事情节和结局抽象晦涩，整部电影的氛围和色彩却恰如其分。

电影的大部分段落都是理性、冷静，甚至苍白的，但结尾却饱含深情却也蕴藏绝望。而德国作曲家马克思·李希特的 On the Nature of Daylight 出现在结尾处，完美地传达了这种复杂的情绪。马克思·李希特是"后简约派"的代表作曲家，不同于如斯蒂夫·莱奇这类更偏理性和节奏概念的简约派作曲家，马克思·李希特或许更偏向菲利普·格拉斯这类注入更多情感，以及融入"新古典主义"风格的简约派作曲家。

这首作品的结构和配器都非常简单，由加入大量混响的弦乐四重奏演绎，其中大提琴和中提琴一直演奏低声部长音，一把小提琴重复演奏流动的主旋律，而另一把小提琴在后半段加入高音区舒缓的旋律线。如果你对弦乐器熟悉，会知道演奏时通常会加入"揉弦"，但这首乐曲却控制了揉弦，使它产生了一种更加静谧、细腻、开阔和空灵的效果，而在一种伤感的情绪之下，似乎又透着希望与美好的声音。

其实我第一次听到这首作品出现在一部电影里，是在小李子主演的心理悬疑片《禁闭岛》里，而它的运用也是最奇妙的。它将英年早逝的布鲁斯歌手黛娜·华盛顿的歌曲 This Bitter Earth 里的人声唱段和部分弦乐拼贴在了里面，用电音的语汇，其实就是将之混音了。但 This

Bitter Earth 这首歌的原版却有着大相径庭的气质，尽管歌词诉说的是"苦痛的大地"、生命的逝去等沉重的内容，歌曲曲风却悠然摇摆。可两者的合体却毫不违和，像是歌手专为乐曲录制的人声，或是作曲家专为歌手创作的歌曲伴奏。

不过，《降临》电影的大部分原声音乐，却是刚刚过世的冰岛作曲家创作的。他的作品多为先锋派、后简约派和电子乐的结合。最令我记忆深刻的是 Heptapod B，一首"具体音乐"的典范。作曲家使用了大量的模拟磁带机和录音技巧，比如将大提琴、小号和人声等用不同的速率录制，将低音乐器用高速率录制，再用低速率播放，制造出一种"亚音速"的轰隆隆的声响。这种创作和制作过程中对时间的"拉伸"和"重置"，也正应和了电影的主题。

对于节奏部分，作曲家用模块化合成器制造了底鼓的音色，用这个循环素材让音乐抱持一种匀速的紧张感，因为其他部分都是"心律失常"的。乐曲中的其他打击乐器包括不同种类的树木，用不同种类的鼓槌敲击不同部位，将它们录制很多遍，像年轮一般重叠很多层，再进行加工、过滤、变形。

这段音乐出现在电影中一个蒙太奇片段里——语言学家们开始进行外星人语言的种种研究。于是作曲家也将人声和语言部分加入进来。如果提到科幻电影里的人声，一般人可能会联想到哥特圣咏般的合唱，但约翰却用了跳跃的人声，像无词的说唱一般，却又找不到节奏规律。这些人声由不同类型的歌手演绎，有先锋派歌手，也有合唱歌手，有的结合了即兴表演，但没有人在唱真正的词，都是些随机的音节，就好像初生的婴儿在学说话。但巧合的是，主唱的那句不断重复的歌词，竟然听起来像一句中文："我的，我的呢？我的脑袋，我的脑袋呢？"这应该不是事先设计的。不禁感叹，语言可能产生的奇异和令人费解的效果。

推荐乐曲：
黛娜·华盛顿 This Bitter Earth
马克思·李希特 On the Nature of Daylight
克里斯托弗·潘德列茨基 Symphony No.3 Passacaglia 开场曲
约翰·祖安逊 Heptapod B
约翰·祖安逊 Arrival
斯蒂夫·莱奇 Music For 18 Musicians
菲利普·格拉斯 The House
菲利普·格拉斯 Morning Passes

知识拓展

四大件：流行摇滚乐队的标准编制——吉他、贝斯、键盘、鼓。

微分音乐：西方现代主义音乐的作曲技法之一。微分音即比半音还要小的音程，后来也用于电子和摇滚乐中，可制造一种迷幻的音响效果。

声码器：对人声进行分析、合成与压缩的系

统。在电子乐中，通常用于人声的加工变形。

简约派、后简约派：二十世纪六十年代的美国纽约，一群不满繁冗的学院化技巧的年轻作曲家，尝试使用尽可能少的材料和高度限定的手法进行创作，力求透过最为基本的音乐元素去探索音乐原初的本质。它与同时期的纽约绘画、雕刻方面的简约派有着密切联系。"重复"是简约派音乐最基本的特征。通常是始终保持同一节奏片段，有限几个音的音高变化，不断反复。节奏的细部与和声、配器等逐渐变化，从不变中求变。"后简约派"出现于"共性写作"被"多样性写作"替代的时期，加入了其他风格以及作曲家个人化的表达手法。

新古典主义：兴起于十八世纪的法国，一方面起于对巴洛克和洛可可艺术的反动，另一方面以重振古希腊、古罗马的艺术为信念。新古典主义的艺术家刻意从风格与题材上模仿古典主义艺术家，并明白所模仿的内容为何。

具体音乐：由皮耶尔·舍费尔提出。具体音乐素材来自自然界、器具、环境等一切声源，通过麦克风录制，然后经过剪辑、播放变速、声音异化、磁带运行、电子加工与蒙太奇进行更改，最后固定为作品。

亚音速：指低于声音的传播速度，小于

三百四十米每秒。

底鼓：架子鼓里最大的一部分，位于地上，用脚踩鼓槌演奏。架子鼓还包括军鼓、嗵嗵鼓、吊镲、节奏镲和踩镲等部分。

261

快 问 快 答

Q & 1/2/3/4/5/6

有没有被一首歌曲或一张专辑治愈的经验？它讲述了什么？

大卫·鲍伊死前的最后一张专辑Black Star，大概是他最悲伤的一张专辑，每首歌都充满了直达灵魂深处的情感，对生命的回顾和死亡的淡然让我感触很深，在我最孤独和无助的一段时间，听着那些绝望而深情的歌曲，反倒感觉很温暖。

创作灵感的来源是什么？如何接触新的音乐？

任何事物都可作为我的创作灵感来源，人类历史、自然科学、社会事件……但个人经历和感触还是最直接的灵感来源，比如身处一种新的文化环境，认识了一个有趣的人，碰到一件奇特的事，遭遇某种挫败或感情上的痛苦等。

其实感觉十年前已经听过所有所谓"新"的音乐，包括各类摇滚电子爵士和实验先锋音乐，身处的圈子里也都是职业音乐人，大家会互相介绍新鲜的音乐。我成长的时代还是纸媒和唱片时代，我们小时候攒钱买杂志和唱片甚至打口碟，那时候资源不多，所以每一张唱片都很金贵。现在的网络资源太丰富，任何东西都可以轻易得到，自媒体也让大量音乐人涌现出来，"新"名字很多，但反而让人感觉"新"的音乐却不那么多了，可能是因为信息过于发达的时代，一切都是即时产品，人们不再那么钻研一个作品的价值，而是三分钟热度玩两下就凉了。现在接触新音乐，比较方便的方法可能是在音乐平台搜索某类音乐的歌单，基本什么都能找到，或者在社交网站上加入一些音乐人的群，会有同行分享一些市面上听不到的东西，也可以去参加非正常场所的小型音乐会，比如美术馆、艺术工厂和一些独立小剧场，那里往往会举办新奇的音乐会。

我自己的演出有几次印象深刻的，比如去年在三里屯红馆首演的我创作的歌剧《奥菲欧》，是一部浸没式的歌剧，我既作曲又担任主演，也是第一次和美声歌手合作。舞美、多媒体、服装设计也都很特别，因为是古希腊神话故事改编成的现代科幻版，还有很多奇怪的剧情和道具，整场我一直在换服装，坐在轮椅上边表演边演唱，跳现代舞，从"棺材"里"复活"等，一刻没停过。这大概是我投入精力最多的一次演出，很累但也很爽。

还有一次是我的交响乐作品，在柏林爱乐音乐厅演出，那次演奏完我上台谢幕，观众掌声非常热烈地持续了三分钟，我上台下台回到座位，掌声还在持续着。那次我感觉德国的观众不仅对表演者，对创作者也同样充满热情和尊重。

印象最深刻的一次现场？

每次创作都是一次疯狂的经历，不管是写曲子还是做歌，投入进去就会废寝忘食，经常大半天忘了吃饭也不觉得饿……有一次演出太嗨，唱完最后跳起即兴舞，第二天膝盖全青了，但是当时完全没感觉……

请分享下曾经做过的为音乐疯狂的事。

用一首歌或一句歌词来表现你理想中的爱情。

平克·弗洛伊德的 Wish You Were Here。

"We're just two lost souls swimming in a fish bowl, year after year, running over the same old ground. What have we found? The same old fears. Wish You Were Here."

翻译:我们只是两个失落的灵魂,在鱼池中游弋。年复一年,在同样古老的土地上跑过,我们发现了什么?只是相同的古老恐惧,愿你在此。

爱情于我而言就是两个与世人格格不入的孤独灵魂,在与他人相处时会有恐惧感,却在遇到彼此后终于找到了熟悉的温暖。

如果有一天不从事音乐方面的工作,你想做什么?

演员、编剧、侦探、精神分析师。

独立音乐人、声音艺术家、制作人、声学空间设计师。

通过个人音乐项目《鲸鱼马戏团》已发行专辑，单曲及跨界创作不计其数。以个人名义发起声音艺术项目《52Hz声音馆》，旨在发掘"音乐"之外的听觉艺术空间。

代表作
《地球上最后的夜晚》
《老友》
《再见、地球》
《情爱江南》等

鲸鱼马戏团 李星宇

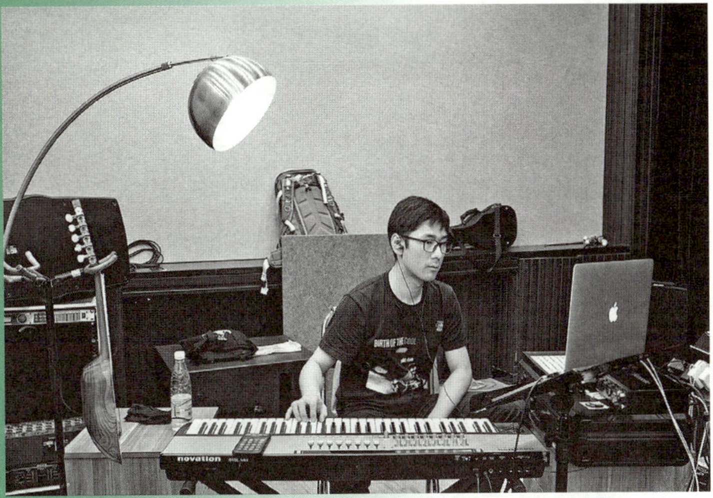
novation

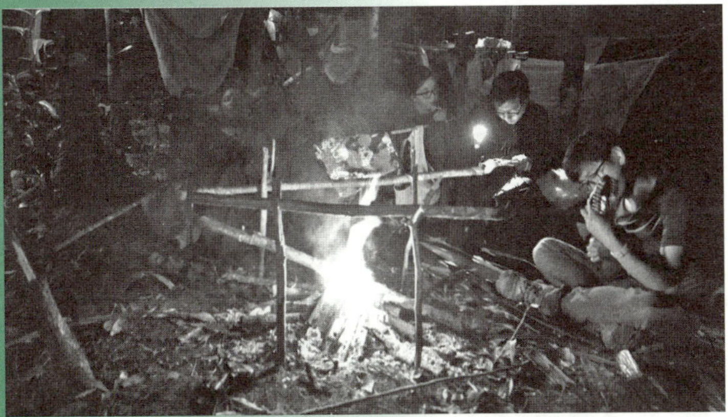

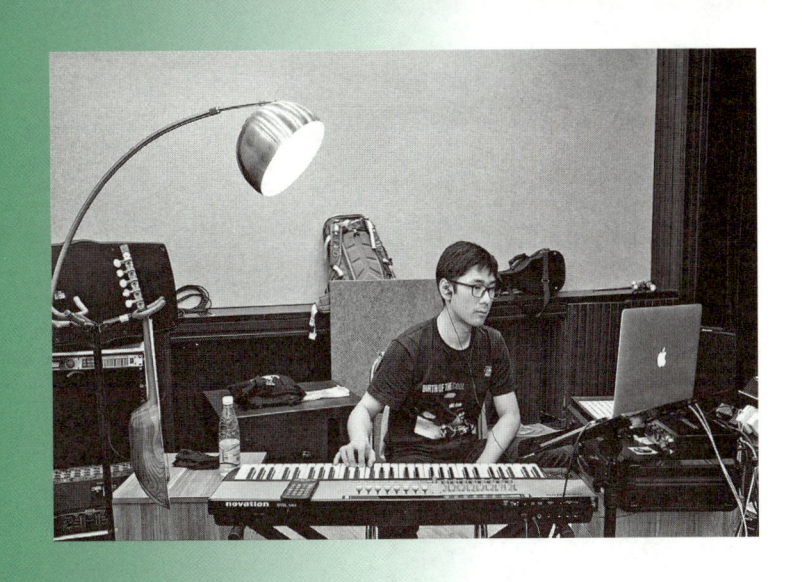

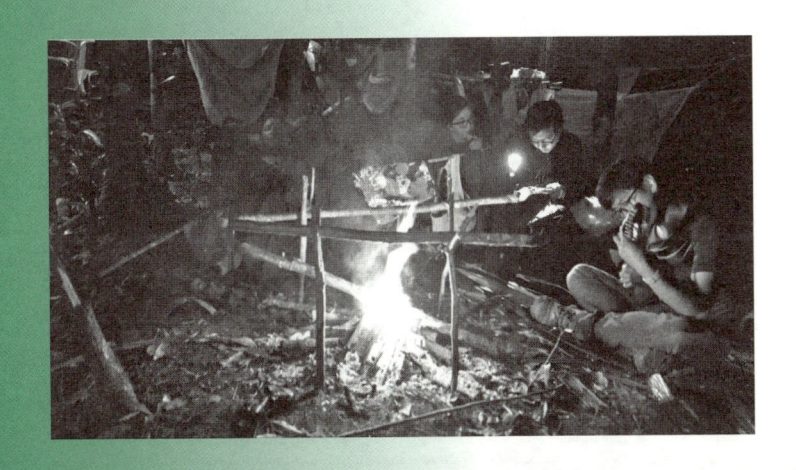

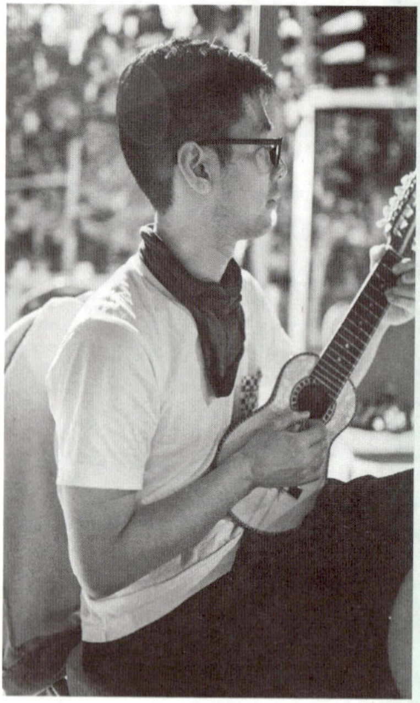

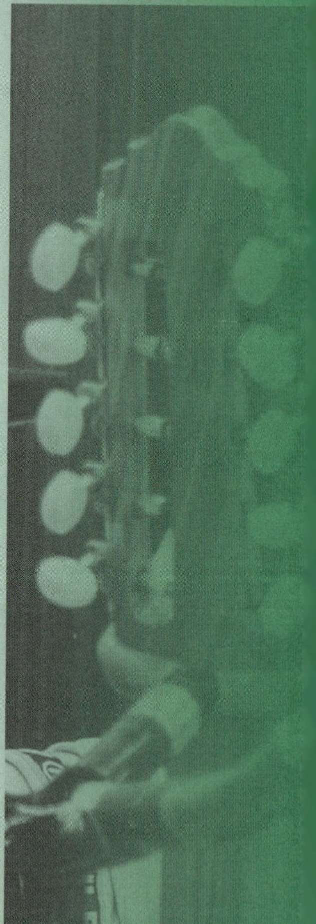

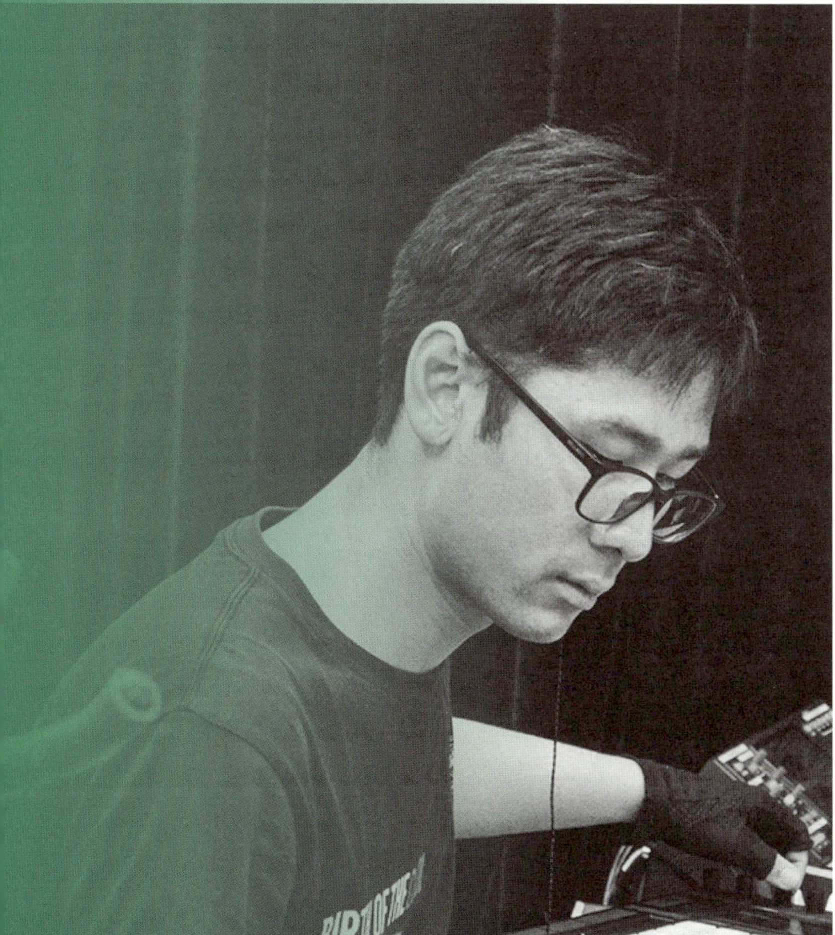

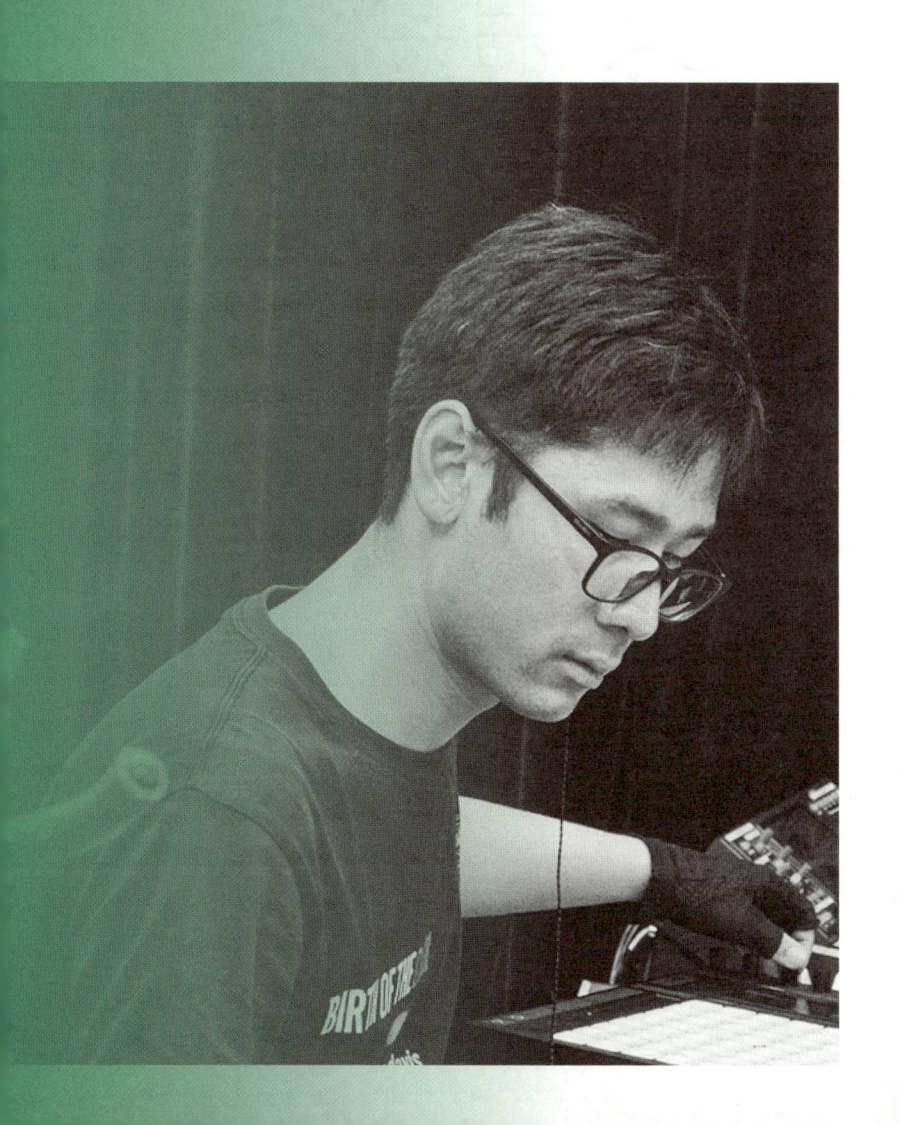

来自安第斯的声响：恰朗戈（Charango）

我常常会因为工作关系或者旅行机会去世界各地，每次到一些有意思的国家都想带回点特别的乐器，渐渐地工作室便摆满了各种稀奇古怪可以发声的物件。不过因为语言关系，买的时候听不懂他们在说什么，有的乐器我甚至连名字都叫不出来。比如有一次去巴西，在埃塞俄比亚转机，下一程需要等待很久，我便在机场闲逛。偶然在一家店里看到了一个兽皮包裹的腔体，用三角形木质框架固定，三角形的一个边缠绕着几根尼龙弦，样子着实奇特，于是我当即就买下了它，甚至忘了买埃塞俄比亚最有名的咖啡。还有一次在巴厘岛骑自行车，误打误撞发现好几个乐器工厂，一激动买了几箱子乐器和乐器零件，回国的时候还因为里面有太多铜片交了不少超重费。

　　虽然买了很多乐器，但我其实并没有收藏癖，只是希望通过学习和了解不同的乐器，启发一些创作灵感。后来在了解了更多音乐和艺术史后，发现了这些乐器之间的关联，愈发激起了兴趣。比如弹拨类弦乐器巴西小吉他（Cavaquinho），这是我从巴西的圣保罗买到的，它是夏威夷吉他尤克里里的祖先，我把它们摆在一起。还有新疆的都塔尔、中原的阮，我把它们和吉他放在一起，这是鲁特琴在不同地域文化、时间下形成的不同的子孙。这些关联非常有趣，打开了我认知的维度，也让我对乐器本身增加了更多的理解。

　　在我众多的乐器里，有一个是我最为钟爱的，就是2016年从玻利维亚带回的恰朗戈（Charango）。

第一次见到这个乐器是在拉巴斯的山顶市场，我的朋友音乐家卡洛斯带我们特意去看了这件安第斯的传统乐器。恰朗戈的琴头和吉他很像，大小也差不多，细看发现有十根弦，两两一组，除了中间的E是八度，其余都是同音。我第一次拨动恰朗戈的空弦音就被一个高低错落的小七和弦瞬间打动了，就好像悠远的穿过安第斯山脉的风，在内心激起历史的厚重、神秘和沧桑。五根弦的定音是GCEAE，一个完美的组合，比任何一件弦乐器的空弦音都要动听。我在那一瞬间就决定，一定要带回一把恰朗戈。

在玻利维亚创作音乐有一个月的时间，这期间也了解了更多这件乐器的演奏方式和历史。恰朗戈的诞生目前还没有确凿的说法，我听过无数种说法，查资料发现学者们也都持有不同观点。不过从外形上来看，这件乐器就如同美洲大陆的历史，是在印第安文化和欧洲文化间，形成了一种结合的产物。恰朗戈的琴头像是欧亚大陆的弦乐类乐器，如曼陀铃、吉他、鲁特琴等，琴身原本是犰狳的壳做成，只是后来为了有更好的共鸣改为木质，偶尔也会使用葫芦。恰朗戈的琴长通常是六十六厘米，弦长约三十七厘米，使用十根尼龙线，偶尔也会使用金属弦。经过长时间改良，琴体和琴面板都改成了木质，琴面板最终也参照吉他使用了松木和杉木而有了更好的共鸣。近代好一点的，也会在纸板和琴体上镶嵌贝壳作为装饰。

最早关于恰朗戈的记载是1814年，一个图皮萨的神职人员记载道：印第安人常用来像吉他一样演奏的热情的乐器，在玻利维亚他们称这个乐器为恰朗戈。在切格瓦拉的摩托日记里，也有关于恰朗戈的描述，他在靠近智利特木科的时候，看到了类似恰朗戈的乐器。他写道：他们使用一种金属指套，弹上去的声音像是玩具吉他。这个描述让我忽然想到前阵子在新疆录到的传统乐器弹布尔，这些乐器之间就如同人类之间的联系，我们不同的民族都或多或少存在着一定的关联，只是由于不同的地域和历史环境，让我们有了一定的差异而已。

恰朗戈的家族也很庞大，常见的有：瓦拉乔（Walaycho），尺寸更小，只有三十厘米；卡朗贡（Charangon），七十五厘米长、二十二厘米宽，比恰朗戈的定音低四（阿根廷定音）到五个音（玻利维亚定音）；罗洛克（Ronroco），八十厘米长，弦长四十六至五十厘米，定音和卡朗贡（Charangon）类似，三弦由互为八度的弦组成，偶尔四弦也会这么使用；切拉多（Chillador），有两种形态，一种像弯曲的小吉他，一种是平底结构，通常是十弦或十二弦；The Hatun Charango，七到八根弦，近代在秘鲁出现。

因为小巧的尺寸，恰朗戈非常方便携带，所以常常可以看到它的身影。我也带着它一路从拉巴斯到天空之镜乌尤尼，再到巴西的亚马孙丛林。

记得我们在拉巴斯遇到过一个中国女孩，当时我问她为什么要留在这里，她说因为她要学习恰朗戈。她告诉我，她一直在南美洲旅行，从阿根廷来到玻利维亚，签证官在问她签证目的的时候，她很认真地说她是来学习恰朗戈的。原本旅游签只有几个月，但签证官说恰朗戈几个月可能无法学成，直接给了她一年的签证，就为了鼓励她学习这件乐器。

后来出发去亚马孙前，我们需要精简大部分多余的行李，只留下设备和一些生活必备品以及两把恰朗戈。虽然在徒步中，多一件乐器会大大增加行走的难度，但这两把恰朗戈却成为我们在雨林生活中的美好回忆之一。每当夜幕降临，我都会弹着它，并请我们的土著向导安东尼奥给我们讲述他许许多多神奇的故事。这些音乐和故事也被做成唱片收录在我的亚马孙三部曲的最后一部《时间之河与未知》中，每当听到缥缈悠远的琴声，思绪就会一次一次带我回到那片人间秘境。

2018年我开启了寻声西游记的个人艺术项目，恰朗戈也是我在采风旅途中携带的一件乐器。我把它介绍给了我的很多新疆音乐家朋友，并用它和不同的乐器一起即兴演奏。有一天在库尔勒的村庄，晚上的时候我们和音乐家们一起吃饭聊天，酒后起兴，大家便一个一个开始演奏和歌唱。当时我就拿着我的这把恰朗戈，还记得他们好奇地打量这件乐器，想知道究竟会发出怎样的声音。我演奏了当时在亚马孙创作的一段音乐和电影

《摩托日记》中的插曲，大家安静地听着，琴声向着遥远的星空，不停地上升。一阵喝彩后，音乐家拿起他们的都塔尔和弹布尔一起加入进来，在席的吟游诗人也起身一展歌喉，这是最为美好的时刻，音乐让每一个生命都如此鲜活和友善。

网上关于恰朗戈的音乐其实很好找，在音乐平台搜索卡朗贡（Charango）便会有很多结果。我有一位很喜欢的阿根廷作曲家古斯塔沃·桑托纳拉（Gustavo Santaolalla），他常常使用恰朗戈家族的乐器创作音乐。古斯塔沃·桑托纳拉的作品有很多非常有名，比如《断背山》《巴别塔》的原声，以及我最为喜欢的一部巴西导演塞勒斯的电影《摩托日记》的原声，里面都用到了恰朗戈。他早期还有一张专辑叫《罗洛克》（Ronroco），完全使用罗洛克演奏制作，其中部分曲子也被用在了他后来的电影配乐中。同时推荐著名的恰朗戈大师埃内斯托·卡维尔（Ernesto Cavour）的 De Colección，非常传统的安第斯风，以及偏新派的演奏家皮罗·加西亚（Pilo García）的专辑《卡朗贡》（Charango）。

乐器是流动的，音乐也是。自古以来，人们带着这些美好的声音穿梭在不同的大陆，文化和艺术也互相影响和融合，形成各种各样的风格。以前学琴总听到很多规则，老师常说这样不对或是那样不可以之类的话，但真正的音乐其实是没有限制的，我们更应该像孩子一样拿起一件乐器，用我们的好奇心和想象力去演奏它。记得在一位很有名的音乐家的家中，我用完全无知的技巧尝试弹起她的都塔尔，她微笑着点头。我递给她我的恰朗戈，她试着用都塔尔的技法演奏木卡姆，竟有着很特别的味道。这，就是音乐和乐器的真正意义吧。

快问快答

Q & 1/2/3/4/5/6

有没有被一首歌曲或一张专辑治愈的经验？它讲述了什么？

比如今天，就听了路易斯·阿姆特斯朗的 What a Wonderful World，歌里面啥都没讲，就只是唱我看见绿树和玫瑰、蓝天和白云，但你就觉得挺美好挺开心的，爵士乐有种人最本质的单纯。

创作灵感的来源是什么？如何接触新的音乐？

思考和学习，看书、看电影、看展览、旅行等都是很好的灵感来源。随时随地都有接触新音乐的机会，只要听音乐成为一种习惯，我从任何渠道都能获得不同的音乐。

印象最深刻的一次现场？

当然是我自己的车祸现场了，每次想起来都会振作精神好好练琴。

请分享下曾经做过的为音乐疯狂的事。

中学的时候拿着吉他跑到学弟学妹的班上就直接（对着学妹们）唱歌，现在想想自己也太嚣张了，太不考虑（主要是学弟们）大家的感受了。

约翰·列侬的 LOVE。

用一首歌或一句歌词来表现你理想中的爱情。

中学的时候爱上摇滚乐，终于有个东西可以释放青春的荷尔蒙了，包括无处安放的正义感。不做音乐我能做设计师，当老师，做游戏开发，搞电子技术当黑客什么的。

是什么契机促使你走上音乐的道路？如果有一天不从事音乐方面的工作，你想做什么？

1992年出生于宁夏银川，2015年毕业于中山大学哲学系，弹琴唱歌，喝酒饮茶，行吟至今。

或许和出生地有关，马潇的音乐带着一股豪迈不羁的气息，又或许和在中山大学四年的哲学学习有关，马潇的创作总会把人带进哲学式的审问里。无论是音乐创作还是生活方式，马潇有着一个少年该有的模样。

青春有一万种度过的方式，马潇用音乐记录属于他自己的万分之一。

代表作
《我们向往着哪里》
《在九月某个清晨，带你离去》
《决不交出这个夜晚》等

马潇

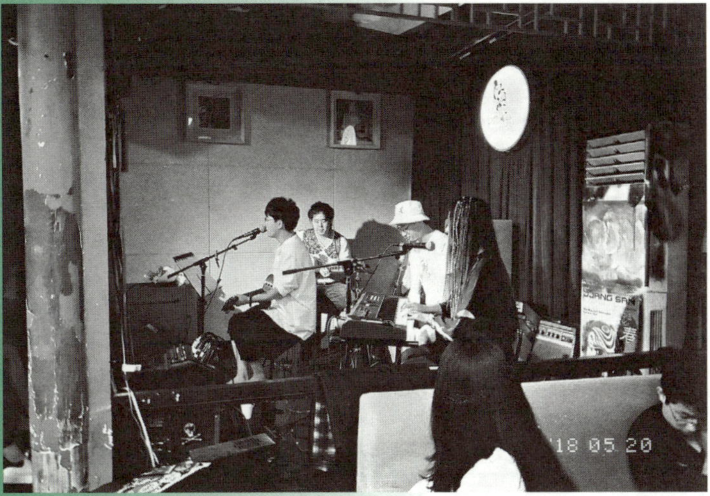
'18 05 20

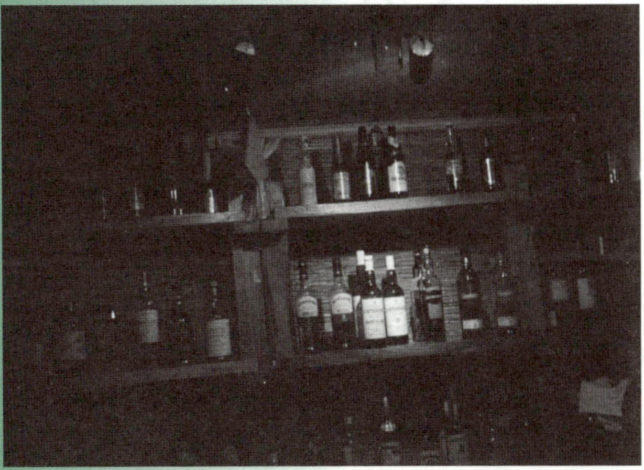

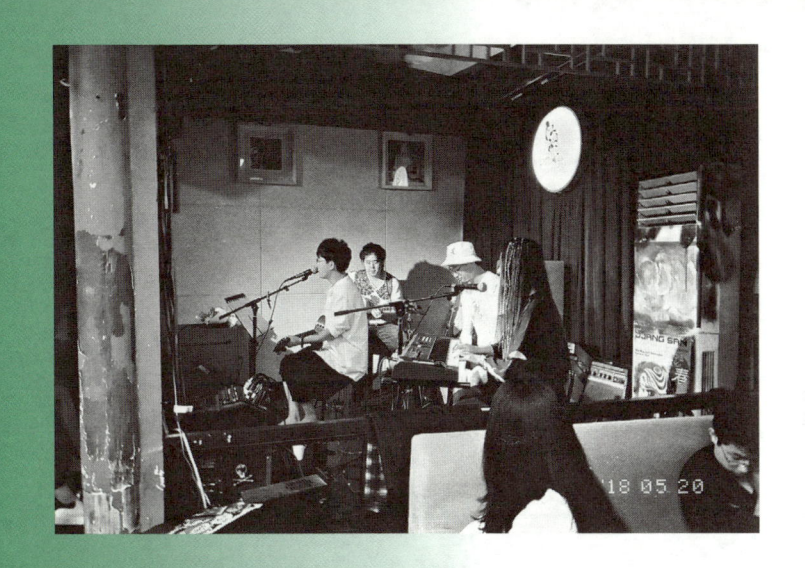

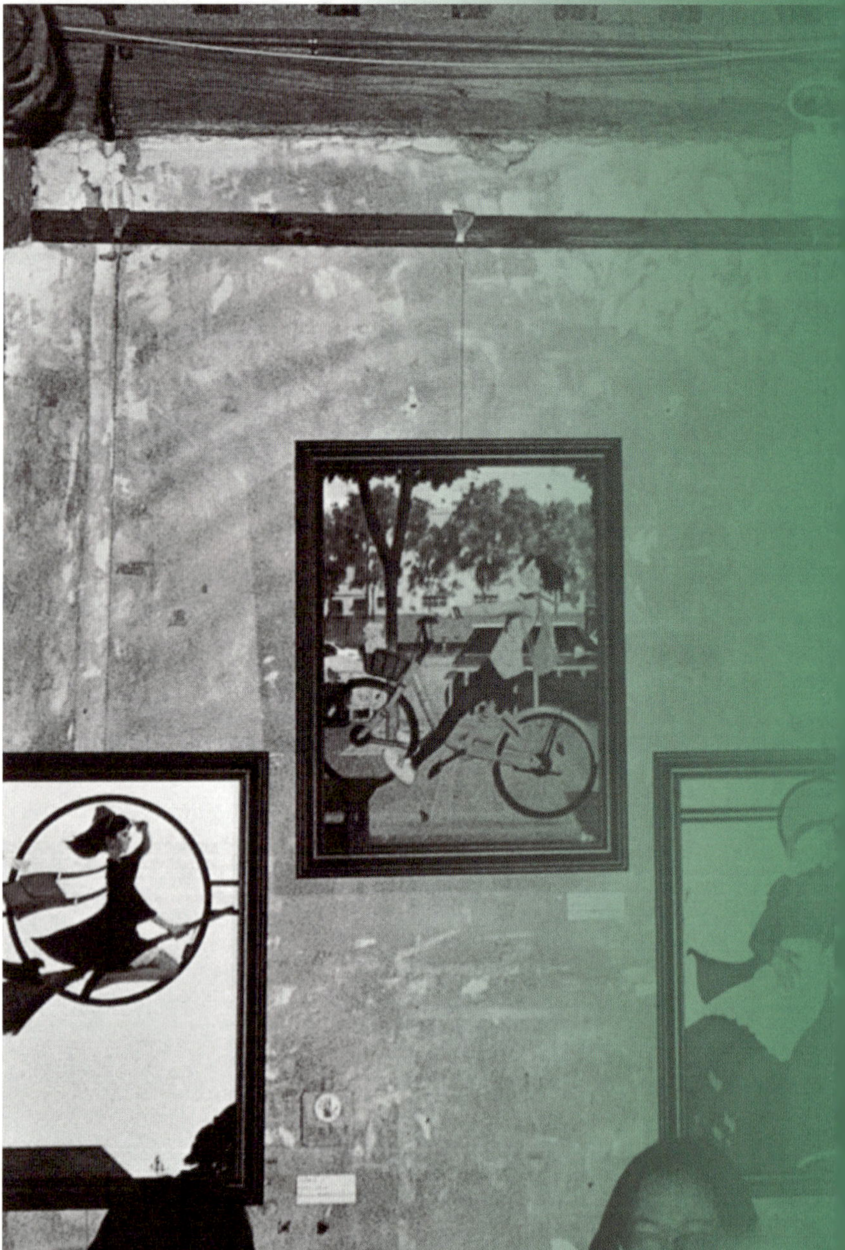

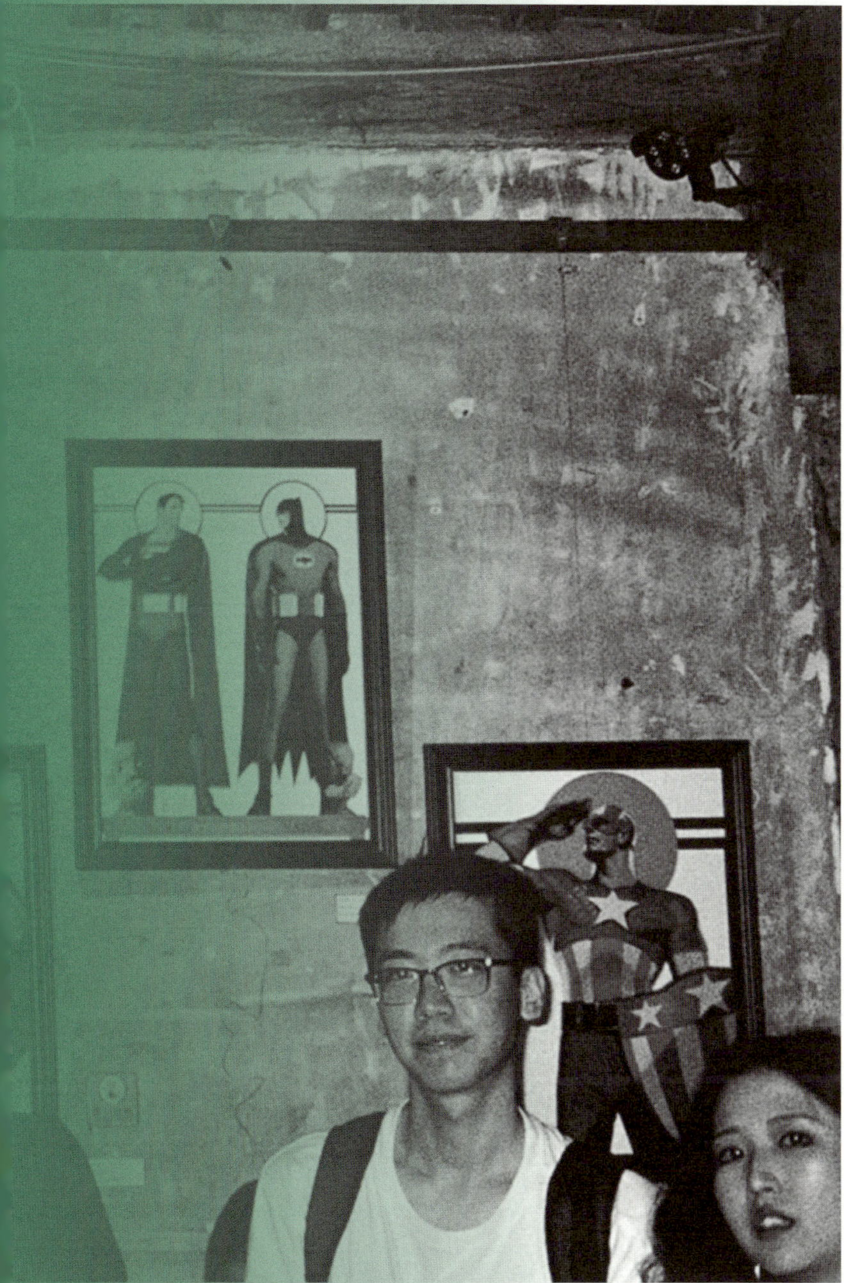

北京
Livehouse
指南

Livehouse 一直以来是独立音乐的温床，随中国摇滚乐的起步和发展，Livehouse 以点成面，从更直观的、具象的切面表现着独立音乐的风起云涌。更多的年轻人闻声而来，把自己的青春塞进这一方天地，薪火相传，重塑信仰。在众多城市中，北京无疑是最吸引音乐人的聚合之地，各种形态、各种风格的 Livehouse 星罗棋布于四九城间，已经和一代年轻人的生活方式密不可分。

MAO Livehouse
——摇滚乐圣地

若再早三两年，你在周末晚上路过鼓楼东大街时，很可能会在 111 号门口看到一群年轻人，三五成群讨论今天在 MAO Livehouse 演出的乐队。你要仔细分别——因为从外面看，它或许不同于你想象中的那种锋芒毕露的演绎酒吧——找出那扇复古老旧的大铁门，大铁门上的标志已经被岁月的痕迹遮掩，略显斑驳。推门进去，音乐和灯光会第一时间触动你，墙面上四处可见乐队的贴纸、涂鸦，这面墙是中国摇滚乐的签到墙，也是很多人光辉岁月里的回忆录。如今，MAO Livehouse 已经从原来的鼓楼东大街搬到了五棵松体育馆旁，更气派的门脸、更专业的场地和设备，这个世界不停地改变着、发展着，但无论怎样，青春的热烈不会变，摇滚乐不会变。如今

MAO已经在全国一些城市设立分馆,这意味着摇滚乐将步入更全面、更专业的发展阶段。如果有天你遇到了MAO Livehouse,别忘了进去看一场演出,喝一杯酒。当真实的音乐在你面前展现时,你一定能捕捉到那种感动,那种来自身体里灵魂的共振会带领你舞蹈,帮你紧紧守住青春应该有的样子。

地址 海淀区复兴路69号院2号136-G23 Mao Livehouse

School酒吧
—— 深夜的摇滚之家

五道营的School酒吧显然已经是如今小型演出场地里最具话题性的一个。一大批北京的摇滚老炮常聚于此,如果你真的喜爱并了解摇滚乐,你可能会在这儿看到很多熟悉的面孔。也不乏很多新的乐队在School的舞台上被发掘、被喜爱,他们把荷尔蒙注入音乐,开始美妙的摇滚乐生涯。School的老板之一刘耗也是著名朋克乐队赌鬼的贝斯手。通常晚上十点之后,School会准备迎来它一天里最热闹的时刻,舞台上的音乐响起,节奏激烈跳跃,人们的身体开始摇摆,肆意释放激烈的荷尔蒙,你会感到空气都在随之震荡。经常来School的观众大多会随着音乐的节奏摇摆、跳舞,如果你在别的地方感到拘束,你应该到那儿去,它会让你自然而然地打开自己。十二点甚至凌晨两点,School的音乐也根本不会结束,每个人都会感到快乐。

地址：北京市东城区五道营胡同53号院

蜗牛的家
—— 民谣小馆

相比MAO、School等偏重摇滚乐的Livehouse，蜗牛的家恰如其名，像一只安隐于市的小蜗牛一样安栖在大兴胡同里。来来往往的匆忙过客中，或许大多数都从未踏足这间不起眼的小咖啡店，但正是在这儿，一批又一批优秀的民谣歌手被人们听见并喜爱。蜗牛的家舞台并不大，演出的人们通常是一两把木吉他，加一个非洲鼓或者箱鼓。歌者或浅唱低吟，或深刻有力，台下也不似摇滚青年们兴奋狂呼，但是每个观众的眼睛都会不时泛起感动的光芒。台上台下相映成趣，一经融合，慢慢积攒起安宁的力量，说不破，也避不开。

说起蜗牛的家一定要提到这儿的老板——外貌酷似鲁迅的小伟。民谣圈里很多音乐人空闲时都喜欢来这和小伟聊天喝酒，小伟说话慢吞吞的，让人感觉有一些腼腆，但是他一字一顿的言语里，仿佛更透出一股子坚定和执着。如若喜欢民谣，请多光顾蜗牛的家，你有可能遇到如今已然炙手可热的音乐人，如果没有，你也一定会遇到一个真诚的、有趣的、热爱音乐的灵魂。

地址：北京市交道口南大兴胡同73号蜗牛小酒馆

江湖酒吧
—— 江湖夜雨十年灯

"桃李春风一杯酒,江湖夜雨十年灯",用这句诗来形容坐落在东棉花胡同里一间老四合院的江湖酒吧,形意神俱合。

如今已有十三载历史的江湖酒吧算得上是京城老牌的Livehouse,独立音乐圈的众多老炮跟这里都有着不解之缘。十三年的故事仿佛都在斑驳的墙壁里,在古旧的栋梁间,在一杯接一杯的酒里,怎么讲都讲不完。常来江湖的老客人在这里看到那些独立音乐圈的大腕都已经不会再露出惊讶的表情,不是因为失了敬重,而是因为大家都心照不宣一个道理——出了江湖门才是个中人,进了江湖门皆为江湖客。

江湖酒吧的演出以民谣、世界音乐、爵士和布鲁斯为主,整体的氛围介于动静之间,轻松明快、欢脱自由。随着别出心裁的演出安排,让人有时像身处吉普赛部落的舞会里,有时像置身远阔草原的篝火边,有时像在美国西海岸的布鲁斯酒吧里,有时又像在巴西的某个桑巴狂欢节里。

江湖酒吧的舞台低矮,这让观众和演员之间的距离更近,甚至有很多演出,演员就在观众身边。你不用羞于和陌生人交流,因为音乐会让人与人之间的距离归零,只要举起杯就该发出清脆碰撞的声音,然后彼此拥抱,欢呼着度过一个夜晚。

地址:北京市东城区东棉花胡同7号

爱乐之人的空间

乐空间，顾名思义，相比其他的Livehouse，它更注重空间的延展性和包容性。除了一些优质的演出之外，乐空间同样热衷于各类沙龙、座谈、分享会。如果你已经不满足于仅仅从舞台表现上去了解和享受独立音乐的魅力，你或许可以多留意乐空间举办的活动。在各类分享会中，你可以从更多角度立体地认识独立音乐的台前幕后、生活方式、产业模式等。

乐空间除了专业完善的舞台和观众区域外，还内含一间唱片店。对资深文艺青年和独立音乐爱好者们而言，所谓"唱片已死"的论调从来不过是一句笑谈，他们就像真正的学者热爱纸质书那样热爱着这些有形的音乐传播介质。唱片在CD机里真实地转动时，音乐开始随之流淌，随之灵动。在乐空间的唱片店里经常能够看到一些网络上搜索不到的音乐，甚至少数更老派的黑胶爱好者也能在这里找到让他们中意的黑胶唱片。如果你也想去看看，祝你有所收获。

地址：北新桥板桥南巷人美大厦北1层乐空间

一些补充

其一，关于Livehouse的界定，在各个国家地区的形态和定义都有所不同，以上说到的一些所谓的Livehouse可能在形态上更趋于酒吧、咖啡馆，但个人以为因地制宜，望诸位不要过于纠结，再次感谢那些专注对待音乐的场馆以及主理人。

其二，出于个人了解有限或受篇幅所制，一些同样重要优质甚至更好的场地没有写到，敬请谅解。

其三，因为此文意在指引更多热爱音乐的人了解和参与到 Livehouse 的体验中，因此没有写到已经关闭或暂停的场馆。在此向两个好朋友酒吧、愚公移山、麻雀瓦舍等曾经包容着无数理想的场馆深表敬意。

快 问 快 答

Q & 1/2/3/4/5/6

有没有被一首歌曲或一张专辑治愈的经验？它讲述了什么？

还挺多的，最近是 Alex Masters 的一首 Long Way Home。

讲什么可能每个人的见解不同吧，歌是心意的映射。我听到的是错和对的虚无，归和去的错乱。

创作灵感的来源是什么？如何接触新的音乐？

挖掘自己的内心吧。如果说人类能利用的自己的大脑是 10%，那人类能明白的自己的内心可能只有 0.1%。

任何时候，听到好的就记下来。

印象最深刻的一次现场？

真的每一场都很深刻，感谢每一个倾听者。

请分享下曾经做过的为音乐疯狂的事。

好像做什么事都觉得是理所应当，没什么是自己觉得很疯狂的事。

《在九月某个清晨,带你离去》。

用一首歌或一句歌词来表现你理想中的爱情。

好像是六年级在发小家玩他爸的吉他,自己瞎摸着弹了两句《西班牙斗牛士》。

酿酒师。

是什么契机促使你走上音乐的道路?如果有一天不从事音乐方面的工作,你想做什么?

1991年出生,金牛座。现为新媒体策划编辑。

独立唱作人、话剧导演、电台主持、平面设计师、摄影师……不太安分的跨界青年,2015年开始阴差阳错创作音乐,却成为一直坚持到现在的事情,生活很无聊很乏味,音乐是最棒的调味剂和生命燃料。不靠音乐生存,但它可以让我有信仰地活着。

代表作
《色盲》
《戒烟日记》
《晚不安》等

大宽

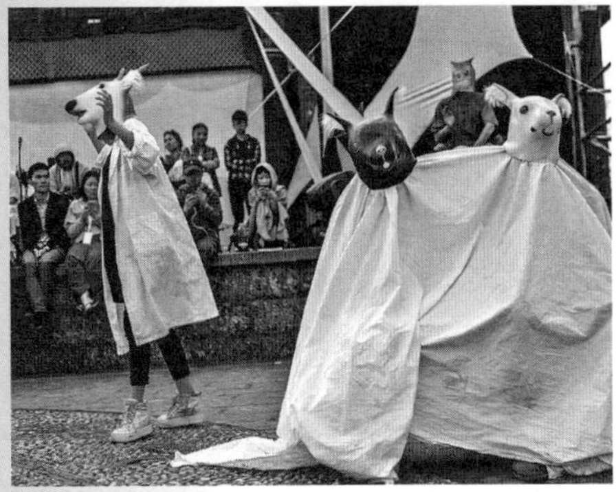

话剧推荐

话剧推荐一

《触角》
编剧：陈效
导演：大宽
演员：江幸、陈梓文、刘思儒
出品：长沙果实戏剧工作室
剧照：邹野
演出场地：束河古镇（COART艺术现场2014——春戏剧单元）

我在大学刚刚毕业时执导了这部《触角》，它讲述的是一个感官过分灵敏但完全没有任何感性认知的男人，和一个感性满溢但永远无法真实生存的女人在平行时空里交错发生的故事。

这一部戏最初上演是在长沙的剧场，所有演员人数将近二十人，而受到这次艺术节邀请后，我和编剧一起大刀阔斧地在保留原剧内核的前提下把它变成了一部独幕剧，演员只剩三人，并且是在四面八方皆有舞台的广场上进行演出。这也让这一出话剧和观众之间的化学反应得到最大化的呈现。

其实这出戏并没有一个完整的故事，也没有一个非常清晰的逻辑线，它更加偏向于情绪的渲染和片段化的表达。"如果这个世界上发生的一切客观都可以被我感知"和"如果这个世界上发生的任何事情都无法影响我的主观"这两个看似无关但实际针锋相对的状态，通过角色之间的冲

305

撞和肢体表达而张力十足。

在束河这样一个淳朴美好的地方演出，拖着一个移动音箱来放演出背景音乐实在有点煞风景，于是这一出戏的音乐和剧情推进，就是我戴着个猫头鹰一样的头套，像能洞悉万物一样在舞台的高处用邦戈鼓的节奏来进行铺陈。只有鼓点和演员的台词和肢体来调起一部剧的全部走向，以及根据现场观众的反应随时做出相应的调整变化，那种戏剧的临场感和机动变化带来的刺激真的很爽。

话剧推荐二

《零和游戏》
编剧：小团圆
导演：付忠良
演员：杨阿龙、刘佳、王源、辛昕、王旭阳
出品：长沙靠谱儿戏剧工作坊
剧照：大宽
演出场地：长沙文艺复兴剧场

我有一首歌叫作《在我们彻底失去彼此之前的最后一个夜晚》，它的诞生就是来自于这部话剧，它成为这部话剧主题曲的时候，叫作《无解》。

关于爱情的命题，有无数的文学或音乐以及影视作品在试图寻找并分析得到一个答案，但最终在真实的人生中，似乎永远找不到一个合乎常理的解释安在"爱情"的身上。

这部话剧改编自理查德·耶茨的长篇小说《革命之路》，讲述的是一对因为"有追求"而反感自身所在城市的夫妇与隔壁"太庸俗"的夫妇之间发生的故事。这位编剧姑娘在把这部作品打造成型的时候只有十九岁，她对于爱情以及婚姻的诠释用了一句毫不客气的话来表达："婚姻的后来，不过是女人的一厢情愿和男人的充耳不闻。"而看似无奈和充满"丧"意味的剧情和题材，却依然被导演用诙谐而讽刺的舞台方式给表达了出来，小小的舞台把爱情从头到尾由"必不可少"到"可有可无"的状态给透彻地诠释了出来，但关于爱情的方法论，最终的答案是什么呢？

　　好像依然是无解。

　　话剧和很多艺术作品一样，把诠释和解答的工作交给了观众自己，在当下的那个剧场环境中，你感受到的一切就是属于你的答案。可能有人会产生共鸣，有人会嗤之以鼻，但回到自己真实的生命里，似乎又能够把自己对号入座到每一个角色里，画一笔略显悲哀的颜色。

　　这一切，真是像极了爱情啊（笑）。

话剧推荐三

《幸福勿语》（改编自台湾表演工作坊作品《乱民全讲》）
编剧：赖声川、丁乃竺及原作演员们的集体即兴创作
改编剧本：大宽、刘思儒、朱旭坤
导演：大宽

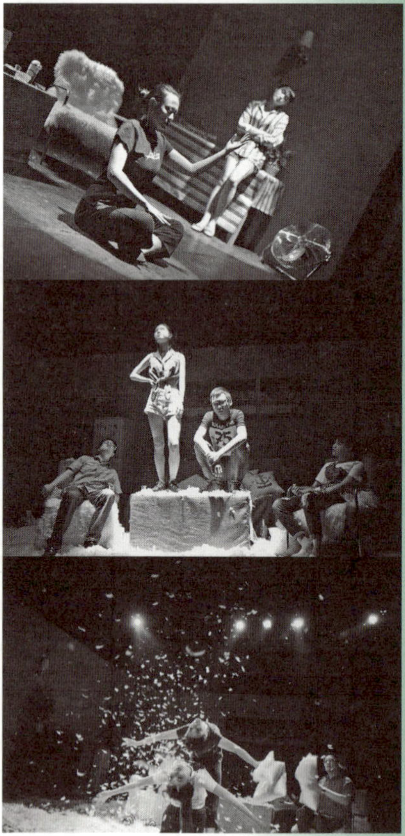

出品：湖南师范大学新闻传播学院先锋戏剧社
剧照：周薇
演出场地：北京朝阳文化馆TNT剧场（2012金刺猬大学生戏剧节）

这应该是我真正意义上在"话剧"这件事情上的里程碑，虽然这部作品严格来说应该被归类在不太成型的"校园戏剧"作品当中。它的青涩、稚嫩以及各处的小漏洞和改编过程中的一些不周全，都让它的不完美尽现眼前，但它却是那些青春岁月里最让人值得"不顾一切"去拼命完成的事情。

原作将很多小故事分成了更多的片段，将它们穿插在其中进行诠释和表演。在我们的改编中将这个部分进行了保留，然后提取了我们对于"幸福"这个词的无数种理解，将它化为偏向于现代化的解释和改编。当今社会发展越来越快，人们心中的"幸福"是什么样子呢？时间久了，每个人心中的所谓"幸福"都变成了真实的竞争、社会的残酷，以及自己对自己的安慰。于是放纵自己沉浸在某种想象中，将自己化作另一个身份，以为如此就可以逃离现实，找到幸福。

在这一次改编中，我们选择了窦唯的《高级动物》作为整出戏的开场，几位演员西装革履，化身为都市中的"高级动物"，和音乐中不断重复的"幸福在哪里"一同寻找着人生的定义和样子。

现在来看当时的演出和剧本，会觉得年轻的时候对于矛盾、生活、人生的理解都好像有点儿过于偏激，会急于求成、会自负自满、会像个久经沙场的大人一样装得不可一世，去给各种各样的事件总结答案。现在虽然觉得那时候的想法和状态挺可笑的，但它也记录了我们这一大帮子人的热血和真挚，也让我们在日后很长时间里每每"失去信心"的时候都还能够想起来我们曾经忘我"飞行"的样子。

所以，"幸福勿语"这四个字，好像也是某一种对于我们青春的诠释方法，不用急着说、不用想着一定要给出结论，真正幸福与否、圆满与否，只会在我们自己的心里，有专属于我们自己的归宿。

可能全国的校园剧社数不胜数，而校园剧社难以逾越的残酷性就在于传承的不易，学长们总会毕业离开，晚辈们总有自己不一样的想法，可能每一个曾经的校园戏剧人都会感慨万千，那些留在舞台上的短暂光影，应该也会成为值得大家记得一辈子的事情。

在这一个剧组里，还在坚持做话剧的人不多了，我也成了曾经信誓旦旦立下志愿但又自己违背了自己志愿的人。时间过去了六七年，我依然想念这帮人，想念那种没有任何功利心和欲望、单纯为了做好而做好的日子。

311

话剧推荐四

《时间简史》
编曲/导演：常徕
出品：火苗实验戏剧工作室
剧照：李晏
演出场地：北京 9 剧场（2014 北京国际青年戏剧节）

这是一部非常不一样的戏剧作品，里面充满了装置艺术和行为艺术，与其说它给你呈现了一部作品，不如说它带你进入了一种状态。很特别的是，也许这部作品无法明确回答"时间是什么"，但是从观众走入剧场的那一刻起，这个仪式就已经开始了。它会从很多和观众互动的细节中、在舞台布置和装置的设计中、在音乐和影像以及演员的表达中让你用另一种方式真切地感受到时间的流动。

在导演的理解中，时间也许不是独立存在的，只有人类能够感受到时间，时间才有存在的意义。所以，导演试图将"时间"以实验戏剧的方式呈现出来，让观众能够感受到剧场元素所构建的时间。

很抽象、不好理解对不对？这部作品在长沙首演的时候，剧场里有截然不同的声音，有观众沉迷其中无法自拔，也有观众在中场就莫名离席。对于新事物的不理解和缓慢接受，应该也是每一个戏剧人都会经过的阶段。

313

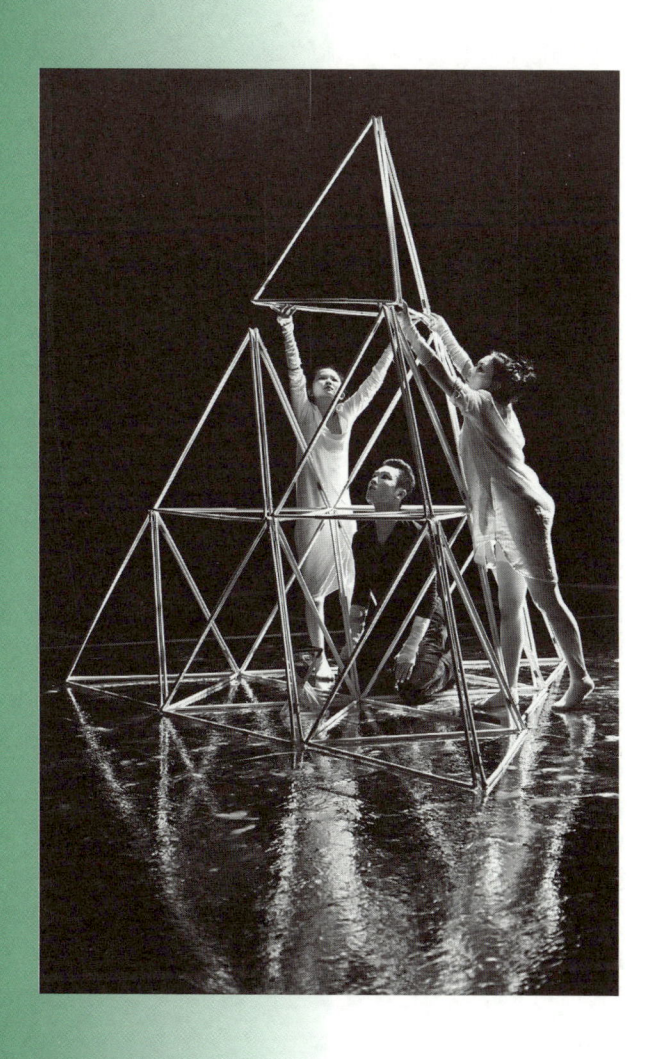

我记得导演常徕老师在看完我的《触角》之后，在剧评里写道："深深地感觉到自己在长沙的实验戏剧舞台并不孤单。"这句话让我深受触动，就如他所说："实验戏剧作品，不是让你接受什么，而是让你思考。"

其实现在在国内，大家对于实验戏剧作品的认知和理解还依然处于很懵懂的阶段，大家走进剧场的目的似乎和走进影院的目的差不多，想要看到一个故事、想要感受喜怒哀乐、想要得到一个大结局。但实际上剧场带来的远不止如此，当大家学会享受和舞台现场的近距离互动，享受灯光、音效以及演员每一次演出都不一样的诠释方式，会更加了解到戏剧的魅力所在。

对于戏剧作品的评分和喜好也是每个人心中的哈姆雷特，有人喜欢在舞台上的完整故事，也会有人看着一个女孩儿在一束追光下坐在舞台上一动不动就能够泪流不止。戏剧太感性了，也许在钢筋水泥的城市里，我们能够让自己不定期地去剧场感受那种能量，不带任何目的，会是一件特别过瘾的事情。

315

快 问 快 答

Q & 1/2/3/4/5/6

有没有被一首歌曲或一张专辑治愈的经验？它讲述了什么？

徐佳莹的《心里学》。

这张专辑不管从整张专辑的概念还是从曲序的安排来说都真的非常妙，从《言不由衷》的祝语开始就一点一点攻克你的心理防线，然后不管悲情的、喜悦的，都会毫无遮挡地直接冲入心脏，这张专辑从头听到尾，就像是经过了一整段恋爱、分手，然后释然的旅程。

创作灵感的来源是什么？如何接触新的音乐？

创作灵感大部分来自洗澡时候的瞎哼哼，所以严格说起来就是浴室音乐人（笑）。会经常去国外的各大音乐排行榜官网上搜一些新进榜的歌，如果觉得某一首还不错，就会开始深挖这个歌手，往往能挖出更多宝藏。

印象最深刻的一次现场？

2018年至2019年跨年时参加的一场演出，太冷了我的妈呀，唱了三首歌，到第三首歌的时候我几乎全身都在哆嗦，唱出来的声音就像是《午夜凶铃》配乐。下了舞台之后工作人员还问我为什么这么喜庆的场合要唱得这么悲伤。

请分享下曾经做过的为音乐疯狂的事。

2017年的时候花光了自己所有的积蓄还借了好多钱，做了自己第一张专辑《翻山越岭找到你》，还好专辑卖完了，不然可能现在没有办法活着坐在电脑前打这篇文字。

魏如萱的《好吗好吗》。

"看你看的书,听你听的歌,喝你喝的汤。想跟你一样,穿你的衣服,走你走过的路。幻想一起走,到忘记了孤独。"

用一首歌或一句歌词来表现你理想中的爱情。

大学时的自己会瞎拍一些视频和影像,比如当时每年的光棍节都会拍一个"向孤独致敬"为主题的 MV,最开始一两年都是找一些其他人的歌来做配乐,到了第三年找不到合适的歌了,索性自己写了一首,这一写就一发不可收拾,直到现在。

如果有一天不做音乐了,我想开一家猪脚粉店,加盟或者自创都可以,因为真的非常好吃。

是什么契机促使你走上音乐的道路?如果有一天不从事音乐方面的工作,你想做什么?

云南知名音乐人、导演、歌手。十六岁开始从事音乐工作,录音师、编曲、音效师,后参加各类选秀、音乐节,获得优异成绩。2013年司徒骏文一直在学习电影、话剧,并担任了云南诸多企业的形象片导演。

代表作
《南日》
《说什么》
《我说》
《愿望》等

司徒骏文

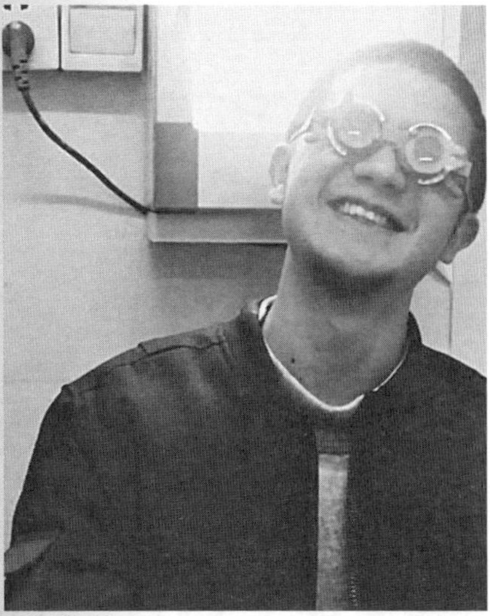

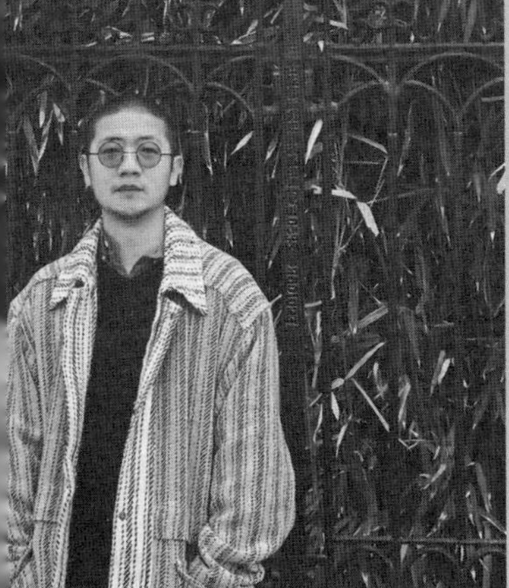

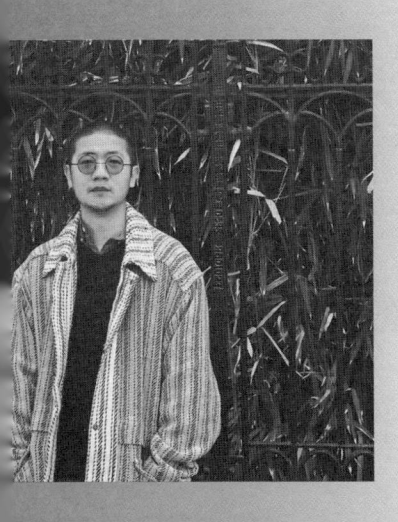

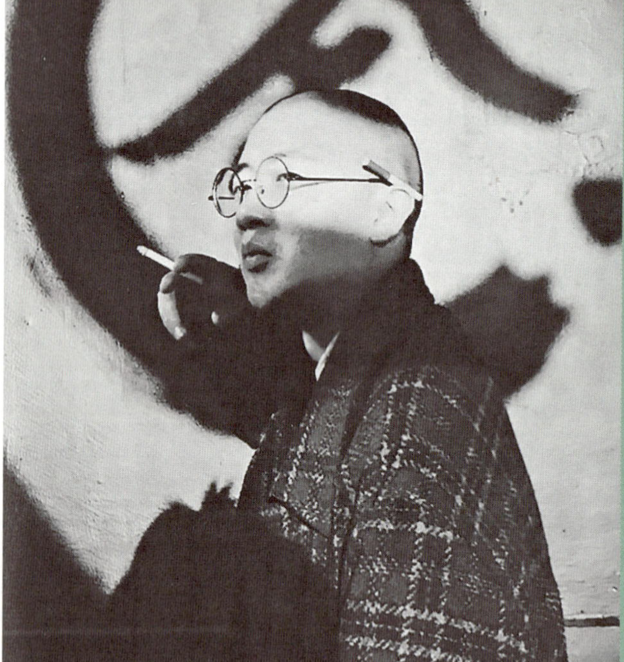

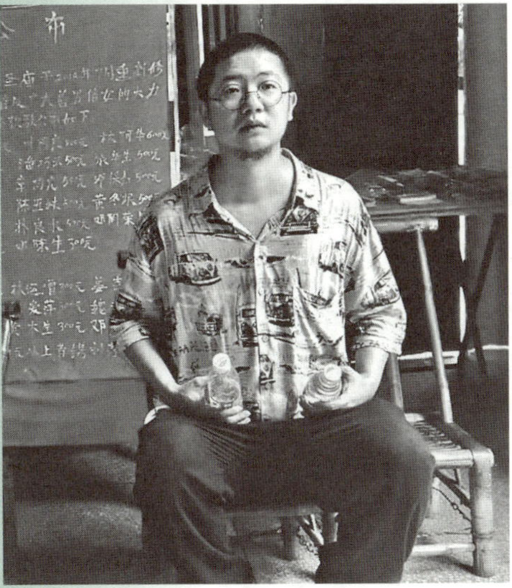

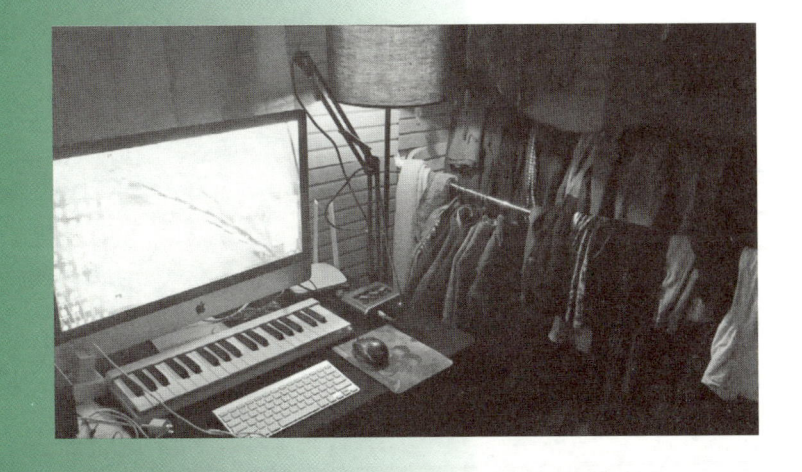

记录一二

我推荐的几部纪录片都和中国,尤其是中国的某一个群体有关,他们隐藏在主流大众的背后,又是构成现代中国不可不提的一部分。很长一段时间以来,我靠着这些纪录片来支持自己的精神世界。

《自行车与旧电钢》

张宜苏是我的老师,如果他接受我这样说的话。在看完这部片之后,我去徐州拜访了他,按照纪录片里的种种描述,按图索骥找到了他的家,也见到了"自行车"章鹏程。那个下午受益良多,也算是我第一次打通了电影与现实的次元。也可以说,两位老师过着一种我想要过,但却因为受限而无法更进一步的生活。我反思过我的受限、我的不自由,以及它们对我创作造成的阻碍。为什么我的歌里,仍然会有束缚,仍然有表达上因为拘束而造成的不完满?我作为一个音乐创作者,深知自由的重要性。而两位老师好像世外高人,像活在魏晋时代的嵇康、阮籍,追着乌云、跑着洗澡。在这种状态下,方能张口便唱出歌。人本应是这样的。教条在音乐之中,绝对是要不得的,只有快乐。

好几次躺在沙发上,听张宜苏老师的歌,每次都会为之静心,有时甚至会落泪。那个童话世界,小小人间,在他的旧电钢和浑厚的声音里格外圆满、快乐。那种特有的吸引能量,和我小时候在教堂里听到弥撒圣歌时一样。

我常说自己做音乐、爱音乐,过生活、爱生活。可在张老师面前,我还是太浮躁了。

这部纪录片在去年的时候有全国的公映,不知道现在是否还会继续进行。如果你所在的城市突然刷到了点映的片单,请不要犹豫地去看。

《流浪北京》

吴文光、牟森,这一辈艺术家对我的影响很深。这部片被称作中国第一部独立纪录片,拍的也是他们那个年代北漂的艺术家。与此相关的片子我还推荐《圆明园的艺术家》以及《冬春的日子》,还有贾樟柯拍刘小东的《东》。

为什么我还在一遍遍返回去看那个时代的艺术家,那个时代的人们太渴望重温那股子精气神了。每一个人物的饱满、鲜活、无助以及因此而生的力量,格外能打动我。我一直强调自己要做到真诚,而他们就是最好的范本。不论是向上的生机也好,迷茫的、绝望的情感也罢,都是挺拔的、立体的。唯有诚实地面对自己,再把他们讲出来、唱出来、画出来、拍出来,进入观众的灵魂。

哪怕,在那个时候他们被称作"盲流"呢。

另一个启发我的是吴文光使用DV拍摄纪录片的方式。因为在我自己的创作中,也更倾向于使用便携的手机以及一些辅助器材进行拍摄。尽管时代变了,那个时代,掌握DV的人就是构建话语的人。现在依然有"流浪北京"的这样一拨人,我也是其中之一。我从吴文光这里学到了如何去表现一代人、一种精气神,也会将这些用到我自己的创作中去。直面镜头、语言的力量,让我受益良多。

329

快 问 快 答

Q & 1/2/3/4/5/6

有没有被一首歌曲或一张专辑治愈的经验？它讲述了什么？

张宜苏的《吃喝拉撒睡之余》，它描述了真正的生活该是什么样子。

创作灵感的来源是什么？如何接触新的音乐？

灵感来自生活细节、和人聊天。主要是通过网络、朋友推荐。

印象最深刻的一次现场？

在北京的第一次演出吧，自己好久没唱歌了，无比紧张。

请分享下曾经做过的为音乐疯狂的事。

现在还能继续好好做音乐这件事已经够疯狂了。

用一首歌或一句歌词来表现你理想中的爱情。

"你是我的眼,带我领略四季的变换。"

是什么契机促使你走上音乐的道路?如果有一天不从事音乐方面的工作,你想做什么?

辍学没事做,才做的音乐。做个纪录片导演。

诗人、乐评人、前卫民谣摇滚唱作人,不可拯救的暗黑系失败型文艺青年。北大中文系博士在读。作品饱含忧郁的人文风景和优美的音乐叩问。著有诗集《玻璃与少年》,出版音乐专辑《空洞之火》《飞内》等。

代表作
《拂面》
《樱桃》
《Fallen》
《美黛拉》等

马克吐舟

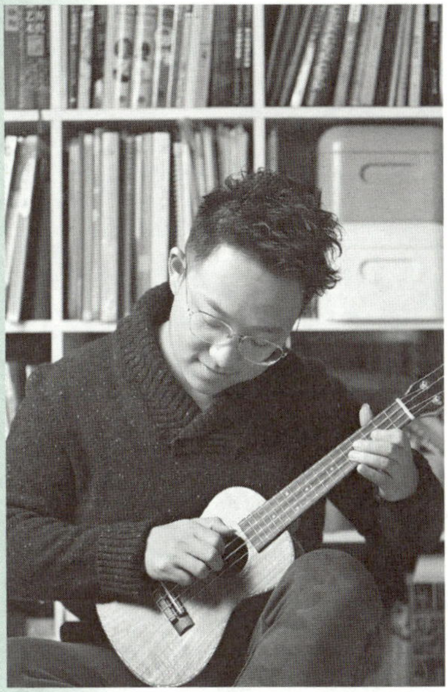

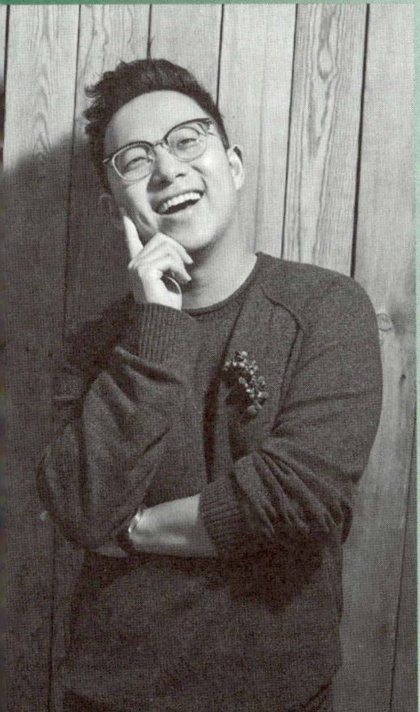

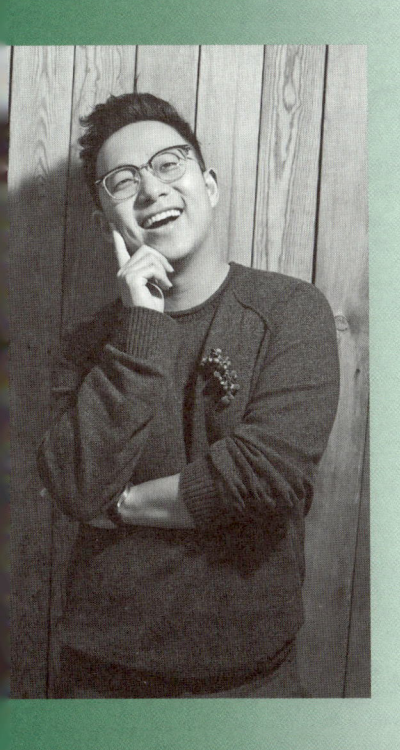

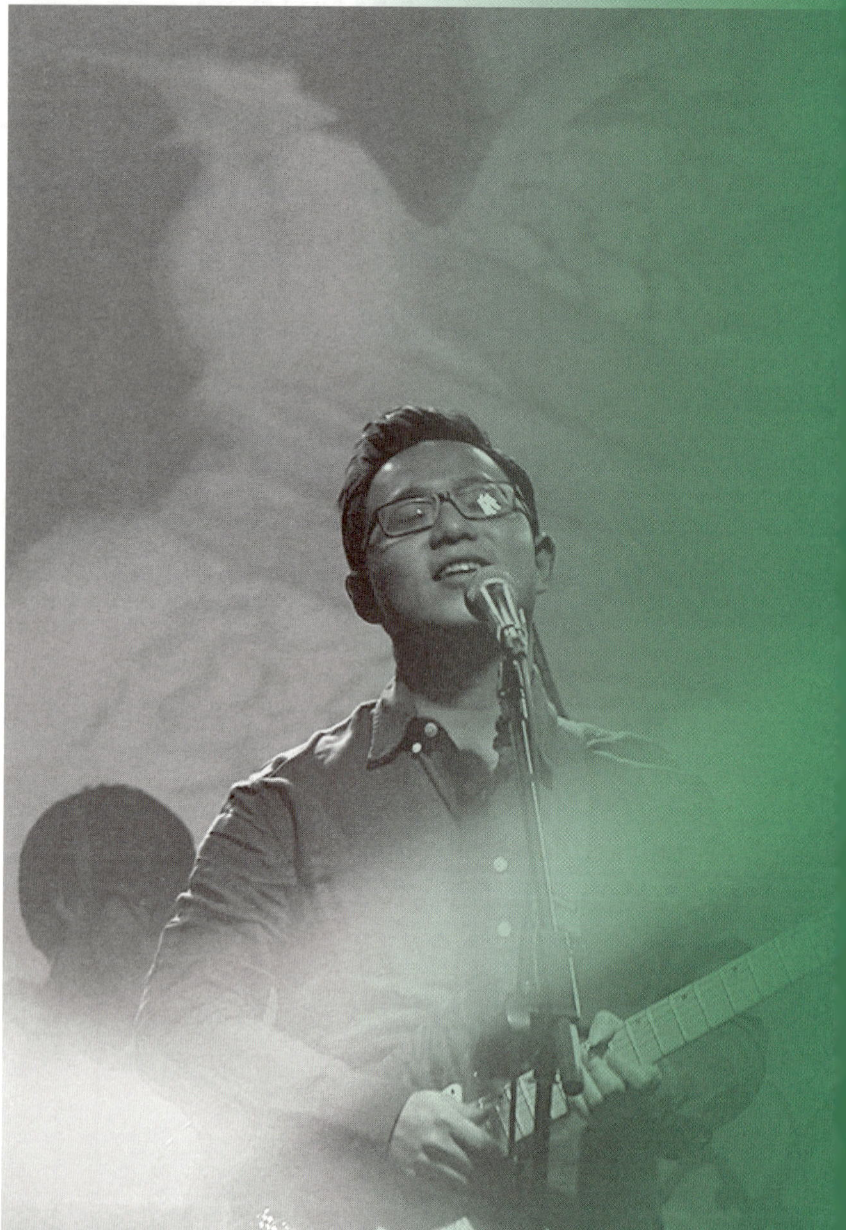

摇滚音乐剧中的爱情

二十世纪六十年代中期，当收音机逐渐被摇滚乐占据时，在四十年代到六十年代的黄金时期发展成熟的百老汇音乐剧发现自己陷入了异常尴尬的境地。音乐剧的上演似乎变成了纽约的本地新闻，阵容华丽、业界盛誉的高规格剧目也不免入不敷出、草草收场，连失败也无法引起以往的国际关注。演员们的日子更不好过，如一位音乐剧史家所说，以往他们只是偶尔端端盘子挣点外快，现在则是标准的服务生，偶尔演演音乐剧（参见 John Kenrick: Musical Theatre: A History, New York&London: Continuum, 2008, p. 313）。为了扳回局势，一度是大众娱乐中流砥柱的百老汇音乐剧，终于不得不重新打量它们坦然忽视了十多年的摇滚乐。

多亏了这样的重新打量、吐故纳新，我们才有了一批意气飞扬、大胆火辣的摇滚音乐剧，才有了在当代音乐剧中更加融合和繁复的音乐风格。带着摇滚乐的反叛精神，摇滚音乐剧也以激进的姿态广泛介入社会运动、宗教、战争、青年文化等议题。这篇文章将要谈论的爱情，看上去是最不激进的，但也在其永恒的魅惑中沾染了相当富有挑战性的时代亚文化特征。爱情虽然总不免是流行文化中看腻了却怎么也吃不腻的"大猪蹄子"，但当它摇滚起来的时候，却也口感清奇，与其他社会议题共同调味，闪现着冲击与包容之美。而这些，都将在我要分享的三部经典摇滚音乐剧中浮现。

JOOP VAN DEN ENDE THEATERPRODUCTIES PRESENTEERT
IN SAMENWERKING MET DISNEY THEATRICAL WORLDWIDE

ELTON JOHN
& TIM RICE'S

AIDA

DE BROADWAY HIT MUSICAL

《油脂》：男人都是阿米巴虫？

《油脂》（Grease）制作于1971年，是早期摇滚音乐剧中的力作，1978年拍摄成同名歌舞电影。该剧在五十年代后期躁动的校园文化氛围中讲述了"脂男"丹尼和澳大利亚小甜心桑迪的爱情波折。在夏日的海滩上，丹尼和桑迪相遇，一切都显得非常纯情。桑迪要回澳洲，两人依依作别。没想到桑迪的家人计划有变，决定移居美国，她也在新学期转学到了丹尼所在的吕德尔高中。两人重逢，作为"硬鸟帮"老大的丹尼为了在弟兄面前起范儿，对眼前的甜心女主满不在乎、不愿相认，搞得桑迪莫名其妙、伤心流泪（本章细节复述基于1978年电影版《油脂》）。为了劝慰桑迪，"粉红女郎"小集团中绰号"法国妞"的女孩说了如下一席让人笑出内伤的话：

"听我说，桑迪，男人都是老鼠。听我说，他们是老鼠上的跳蚤，甚至还要更糟，他们是老鼠身上的跳蚤上的阿米巴虫。他们太低等了，连狗都不咬。女孩子唯一能依靠的男人就是她的父亲。"（文中引用各剧中对白或唱词均为自译）

"法国妞"的这席话发人深省地将男人和父亲对立起来，仿佛后者是某种被阉割的、安全化的"非男人"，仿佛要有了儿女之后，男人才能从单细胞的原生变形虫进化成强有力的肩膀。丹尼和桑迪的重逢，确实也是关于"变形"——夏日海滩上的清纯男孩怎么就变成了走路自带节奏、耍酷不分时间地点，而且还翻脸不认人的"油脂男孩"？

说起"油脂"，我们容易想到中年油腻大叔。但实际上它是美国二十世纪五六十年代的青年亚文化现象，油脂男孩或女孩有点类似于我们说的小阿飞、小流氓，主要是工人阶层的青少年。"Greaser"这个词发源于十九世纪，一开始是对贫穷劳工、尤其是意大利和墨西哥裔劳动者的贬抑性指称，后来指技工、润滑工，到五六十年代也还保留着与机械工作的意义关联。油脂男孩梳着标志性的往后扒拉的大油头，常穿皮夹克、纯黑或纯白色的衬衫、牛仔裤、皮靴子；油脂女孩则少见一些，常穿皮夹克、紧身衣，风格放浪。他们听摇滚乐，玩机车和大马力改装车，拉帮结派、纵情声色。

丹尼的"变形"及"法国妞"所谓的男性的低等，其实表征的是油脂亚文化和保守的主流文化对撞时的不知所措。来自澳大利亚的桑迪像是个小公主，清纯可爱，与剧中花蝴蝶一般性格张扬的"粉红女郎"们相比显得保守许多。后来她和丹尼合好，丹尼想在敞篷车里按倒她，让她大大感受到侵犯，又闹出矛盾，亦可见丹尼身处的反叛和性开放的机车青年文化与道德主义的中产阶级文化之间发生的抵牾。他们都想要守护爱情，但是一旦进入"油脂"的语境，进入到他校园帮派老大的角色，丹尼就拿不出夏日海滩的做派了，同时也无法以"老大"的状态，在弟兄耳目之下去谈一场不"酷"、不盛气凌人玩弄情感的恋爱，去承认他在性与爱上的稚嫩。要说男性的"低等"，在丹尼身上，实际上是体现在男性对于环境的依赖，更多会出于社会身份和处境的考虑去压抑、掩盖自己的初衷，去自动变形，变完却又发现不对劲，事情并没有被润滑，而是成了一块石头落在了自己脚上和心中。在不少文艺作品里，都能看到女性之爱优胜于男性的纯粹和强韧，虽然不能本质化，但也不无道理。

《油脂》结局是大团圆的。当丹尼开始考虑如何穿得像个正派人并肩负起他对于桑迪的责任时，桑迪则突破性地倒转，换上了一身油脂女孩的装束，贞洁小公主蜕变成了性感野猫，惹得丹尼垂涎不已。当两个人走向了对方的价值表象和文化背景，主流文化和边缘文化也完成了他们的一次换位思考，一次可能性的跨越、对流和想象弥合，最终胜利的是活泼有生气的大熔炉文化本身。不仅丹尼和桑迪重修于好，剧中其他人物也都各有归宿，曾经的纵欲也都被证明是渴望真爱的曲折表达，所有青春期的狂躁也被修改成了传统价值不能实现时的焦虑——这当然又是"美国梦"的诡计了。无论如何，《油脂》野性激荡的青春校园气息，结合了猫王式的老摇滚、詹姆士·布朗式的放克灵魂乐和美国传统摇摆乐的音乐表达，都挑动神经，Grease、Summer Nights等经典曲目亦是过耳难忘。

345

《吉屋出租》：爱情不是买卖是租借

1996 年正式公演的《吉屋出租》（Rent）是一部集诸种亚文化议题于一身、着眼于美国社会边缘群像的摇滚音乐剧。这部音乐剧无论在切入社会边缘的胆识气魄上，还是在音乐及其舞台表演形式的复杂度上，都令人心折。实际上"摇滚"也根本涵盖不了它变幻多端的音乐形态，更像是它的精神指南。它的词曲、剧本由乔纳森·拉森（Jonathan Larson）一人包办，可惜才华卓异的乔纳森在《吉屋出租》首演前一天晚上突发主动脉剥离，溘然而逝，未能见证作品的巨大成功。乔纳森死后，《吉屋出租》获得了最佳音乐剧、最佳剧本、最佳配乐三项托尼奖（Tony Awards）及普利策戏剧奖（Pulitzer Prize for Drama），风光无限。

《吉屋出租》围绕着一个出租房，刻画了居住在曼哈顿下城东村字母城的一群"闲杂人等"在两个圣诞节之间的相聚和离散。这群年轻人包括：执着的纪录片摄制者马克，他也是本剧的叙述者；马克的室友——前摇滚乐队主唱罗格，一名想要在死前写出绝唱的艾滋病患者；S&M 俱乐部跳舞女郎——西班牙裔美国人咪咪，也是一名艾滋病患者，她与罗格相爱，却因毒瘾难除和与前男友本尼的纠缠让罗格一度出离；信奉无政府主义的教授——电脑天才汤姆，一名艾滋病患者；和汤姆一见钟情的"天使"——一名慷慨善良的街头打击乐手、变装皇后、艾滋患者和生命救助团体成员；常春藤名校毕业的公共事业律师——社会活动家莫林；古灵精怪的行为艺术家——乔安妮，她是马克的前女友和莫林的现女友。

从这个名单，我们就能略略识别出这部音乐剧着眼于社群的大格局、大企图，以及这群人在社会中边缘的位置。他们秉持着波西米亚的生活理念，既是一文不名的社会零余者，也是为了自由、友谊、正义、灵感和精神探求而自我底层化的艺术家。他们坦然接受自身的差异，以爱之名抱团取暖，但也时刻面临着死亡阴影、生存问题、爱情和其他身心欲求的不满足、与主流社会的紧张关系等。他们用创造打磨生命的光辉，拒绝向庸俗化、精英化的潮流屈服，以"嬉皮"的哲学蔑视"雅痞"（yuppie）——那些二十世纪八十年代以来专业化的、向往上层生活和品味的城市年轻人及其文化。面对曾经的好友、迎娶富婆之后却雅痞化了的房东本尼，面对本尼身旁西装革履的大亨，我们的行为主义女王莫林直接脱下裤子，露出两瓣白花花的屁股，给予了一个波西米亚的终极鄙夷（本章细节复述基于《吉屋出租》2008年百老汇官方摄制版）。

这部剧中的音乐精密而又随性而发，说和唱之间总在互相转换，对白的音乐功能被尽可能地激发出来，和声叠唱更是层次丰富；这部剧中的爱情也在不同的局部生根发芽。这里我们只谈谈汤姆教授和变装女王"天使"的爱情理论。他们在 I'll Cover You（我将裹住你）中唱道：

> 他们曾说你无法购买爱情
> 现在我明白你却可以租它
> 一份新的租契，你就是我的爱
> 命中之爱，一生的爱

"租"意味着暂时性，意味着偿付性的关系，意味着有所依靠、但又终究缺乏根基的漂泊，并不总是令人满意，在整部剧中它作为一种修辞也比较灵活多向。但在这里它的意义却是完全正向的：爱情无法通过金钱交易得来，不是"你想卖想买就能卖能买"，但是并不企图完全占有、却也需要有所偿付的租借却似乎行得通。对于"租"的体认，一方面来自于汤姆和"天使"病患者的体验：死亡如此突兀地横亘在面前，任何永久性的承诺都烟消云散，生命只是暂时性地停靠或经过，爱情也只是一次偶然的分享；爱情无法像死亡那样彻底吞噬一个人或者避免一个人被吞噬，而仅仅是必要的约定，是身心投入却无法封闭的相互出让。另一方面，"租"的体认也来自于这个群体在城市角落的游荡和寄居，他们整个生活状态的流动性、游牧性。音乐剧的开头，马克和罗格就表示拒绝向违背承诺的房东本尼交租，"租"含有一个内在的"抗租"的层面，"租"的经济关系于是让位于友爱和价值的偿付，于是始终有可能转化成常常不受金钱约束的"借"——我们实际上也都是借住在世界上，却把这种共同的栖居变成了明码标价和专制性、排他性的占据。

"租"个爱人也一样，"交租"在形式上是必备的，但也是常常悬置、表达多样、流动变易的；而在死亡面前，"还"才是预设的和绝对的。

变装皇后"天使"不久之后就死去了，把生命还给了更大的生命。他和汤姆所唱的"爱情租借"虽然言辞简要，却在整部戏的格局中提示着一种与"占有"的爱情观分道扬镳的爱情哲学。爱情是多么庞大和狡黠，越是以"占有"或"殖民"去思考，它就越是滑脱，越是显出所占有的稀少和强行布下围栏的可憎。想象爱情的"租借"，则是想象如何去可能"分有"这庞然之物，在一定的期限内享受它、体验它、传递它，然后归还它。而其中的"偿付"并非金钱可以代劳，它其实涉及各个方面的付出和交换，但也是弹性和可延宕的，可以数十年兑现一个承诺，可以牛头对马嘴，可以晚上的泪水换午后的珍重。不知道宇宙的大房东记的是一本清楚账还是糊涂账。

《阿伊达》：星辰的刻写，上帝的实验

《阿伊达》（Aida）诞生于 1871 年，是常演不衰的意大利经典歌剧。它讲述的故事具有浓厚的古典悲剧色彩，在根本是关于政治旋涡当中爱的发生、倾覆和超越，关于命运对人的捉弄和人对命运的必然失败的抗争。我们这里要说的《阿伊达》，是 2000 年上演于百老汇的新世纪摇滚音乐剧《艾尔顿·约翰和蒂姆·莱斯的阿伊达》

（Elton John and Tim Rice's Aida）。

艾尔顿·约翰是从二十世纪七十年代起就蜚声欧美的英国音乐鬼才，以天马行空的才思和深情明朗的气质将摇滚和流行融为一炉，表演风格狂野不羁、鲜亮华丽，是世界上唱片销量最为可观的歌手之一，也是最早一批入驻摇滚名人堂的音乐艺术家和格莱美传奇奖获得者。艾尔顿·约翰也是热衷于跨界的音乐家，他为迪士尼动画电影《狮子王》创作的主题曲《今夜你能否感到爱》（Can You Feel The Love Tonight）成为脍炙人口并收获了奥斯卡金像奖的经典之作；而他联手英国超一线词人蒂姆·莱斯重新谱写的《阿伊达》，也完全超脱了音乐剧的轻歌剧传统，以带有强烈个人风格印记、摇滚青春时代的浪漫热忱和异域风情的音乐表达征服了观众，使音乐剧《阿伊达》斩获多项大奖，他演唱的剧中主打曲目《铭刻在星辰里》（Written In The Star）也高居 Billboard 和其他榜单。到现在，艾尔顿依然活跃地与阿姆（Eminem）、女神卡卡（Lady Gaga）等不同"次元"的歌手合作，还在电影《王牌特工 2：黄金圈》里友情客串。

《阿伊达》的故事发生在古代埃及。四处征伐的埃及队长拉丹姆斯在尼罗河畔俘获了沿河冒险的阿伊达及其女眷。他并不知晓阿伊达是埃及企图吞并的邻国努比亚的公主，却被她凛然不屈的姿态所折服，将阿伊达送回了府中，当作礼物送给了埃及公主。埃及队长和青梅竹马的埃及公主订婚已经九年,他的父亲等不及要促成这场婚事,并在法老的酒中下毒,想让儿子赶紧接班。但拉丹姆斯却发现自己对总是顶撞他的奴隶阿伊达更感兴趣,阿伊达也爱上了这个酷爱探索世界、颇为天真善良而非权欲熏心的埃及队长。他们的爱情让埃及队长悔恨半生的作为,想要远走高飞,却为了解救被俘获的努比亚国王和臣民,而被阿伊达劝服继续与埃及公主的婚事,以便努比亚人趁防御松懈逃走。真相很快被发现,拉丹姆斯父亲的阴谋也败露了,在埃及公主的"友情"维护之下,这对埃及与努比亚两国都难容的爱人,被活埋在了同一墓穴之中。几千年后,博物馆中穿着现代服饰的埃及队长转世和阿伊达转世再度重逢……(本章细节复述基于《阿伊达》2005年摄制版)

埃及队长说到底是"美国队长",这个古典悲剧在美国流行文化的重写中显得青春洋溢,凄美的爱情结局之余轻松的幽默也随处可见。吸引眼球的超越禁区的爱,是用纯粹永恒之爱反抗政治对立和战争灾难的人性乐章。埃及队长被描绘成一个在爱情中重新启蒙的反父权角色,认识阿伊达以后觉得以前都白活了,也意识到自己对公主或王位都并不"感冒",面对父亲"有其父必有其子"的劝说,他的回应则是:"我是你的儿子并不意味着承袭你血液中的邪恶。"他的这种反躬自省和豁然捐弃国家立场的独立精神,连阿伊达都感到惊讶:"即使在我们开明的努比亚,男人也不会像你一样承认错误。"埃及公主则被刻画为一个有些矫情和中二的时装控,用精美的外表来填补她察觉到的但也无能为力的自我与国家政治模范之间的鸿沟。

阿伊达的角色设定特别耐人寻味。她和埃及队长的关系模式,正像是《油脂》中小公主桑迪和丹尼的反面。在《油脂》中,我讲到男性之爱在面对社会文化身份拷问时是畏缩的,但在《阿伊达》里,恰恰是作为男性的埃及队长更显出为禁忌之爱抛开一切的纯粹动机,而作为女性的阿伊达,不但启蒙了埃及队长,而且更多地肩负起了国家危机时刻的政治使命,为了趁乱救助国王与国民,宁愿将埃及队长推向埃及公主、推向强加的政治社会身份,将爱情变成无尽的守望。也可以说,正是阿伊达超越于一般女性甚至男性的强硬和重视人间疾苦的高贵,这让埃及队长前所未见、深深着迷。事实上,在第一场戏当中,耀武扬威的埃及队长就遭到了阿伊达的蔑视和反击,身上雄性的权力特征和性格力量往后更是经常被阿伊达给比下去、给去男性化了。因此,这个故事里面不仅仅是爱情对于国家政治禁区的跨越,还有对固化的性别身份的跨界。也因此,《阿伊达》虽然说到底也是一个王子和公主式的爱情故事,但阿伊达却首先是处于奴隶的身份状态,不是通过预先的政治光环,而是通过自身的尊严和气场抵达了公主的潜在位置。我相信每一位女孩都有着这样一个潜在位置,与其做等着被王子捡回家的灰姑娘,真不如做阿伊达那样的小公主。

在三部摇滚音乐剧当中，我们看到了社会肌体各个层面的禁区，也看到了各种身份的跨越。在《油脂》里，是不同的文化作风和环境身份限制了爱情的自由表达，进而需要融合和突破；在《吉屋出租》中，爱是主流边缘的波西米亚族在社会排挤和污名化的禁地生存下去、抗议下去的最终维系，一份租来的反中心、反占有、反规训、反正常、烛光般微弱而灼热的力量；在《阿伊达》里，被"国际冲突"点燃和掐灭的爱情大胆得忘乎所以，在朝向凝固的永恒时也复苏了性别特性之间的流动性。谈个恋爱，需要这么多跨栏，真是难为我们了。这也恰恰说明了社会文化壁垒的板结不易松动、真正拥抱另一个人所需要经历的千山万水。也许，当我们都学会更多以"租借"而非"占据"的眼光来看待很多事情、来理解无论生命还是诸种人造政治、经济、文化界限的暂时性的时候，世界会待着舒服一些，爱情也能变得不那么心累。这一点《阿伊达》中的名曲《铭刻在星辰里》也和《吉屋出租》有着相同的体认——或许是偏向于悲观的：

这是刻写在星辰上的吗
我们是否在偿还一些罪过
这是我们追寻的全部吗
仅为了一段易朽的时光
这是上帝的实验吗
在其中我们无话可说
在其中我们被给予天堂
但转瞬即逝

快 问 快 答

Q & 1/2/3/4/5/6

有没有被一首歌曲或一张专辑治愈的经验？它讲述了什么？

澳大利亚另类流行摇滚乐队 #1 Dads 的歌曲《Camberwell》。有着轻快无比的电子律动和懒洋洋的"在人间"的生活图景，主唱有些睡眼惺忪的嗓音像顺口溜一样念叨着城市的街景和他行走中的观望与随想，还奇迹般地发现 "Beauty is desire in disguise"（美是戴着面具的欲望）。一听这首歌就开心起来，想扭屁股。

创作灵感的来源是什么？如何接触新的音乐？

既然叫灵感，就无所谓来源，不然就不"灵"了——任何地方它都可能存在。接触新音乐主要是按风格谱系去搜求扩大，朋友间的传递，看摇滚乐、爵士乐方面的纪录片和音乐史，关注欧美榜单，随机听现场或跟不熟悉的音乐人拼场演出，音乐平台自动推荐等。

印象最深刻的一次现场？

指的是别人的现场还是我自己的现场？前者的话，是在美国 Hopsotch 音乐节上听后摇皇帝 God speed you！听完矫情地写下感受："史诗"根本无法界定 God speed you。他们的音乐朝向远古，朝向鸿蒙初开，你会听到星系、能量、颗粒、加速度、初生、庆典、塌陷、飓风；在极度暗抑的平衡中，那个被你识别出的突然放大的声音，会将你几近胀裂的身体刺穿。他们的音乐或许是当代最后的真正意义上的崇高。我希望这次现场所凝固的呼吸被一生铭记，我希望将来会死在他们的音乐里。后者的话，是 2019 年一月我"冬日炼金术"巡演北京站的乐队专场。

我这个人最大的缺点就是不会疯狂,只会嘴角上扬地悲伤。	**请分享下曾经做过的为音乐疯狂的事。**
《洋娃娃和小熊跳舞》。	**用一首歌或一句歌词来表现你理想中的爱情。**
对于创作的热爱,对于种种既定价值和规训机制的不满。想做个读书写作、出门捡钱的闲散人。	**是什么契机促使你走上音乐的道路?如果有一天不从事音乐方面的工作,你想做什么?**

独立音乐人、画家、诗人，定居成都。大象先生用文字搭配旋律，用说话的方式倾诉忧伤，歌颂美好；一切的伤悲与不安，只为被引领着去独立求索，而愈发笃定。

代表作
《渔舟唱晚》
《不归人》
《你在夕阳下》等

大象先生

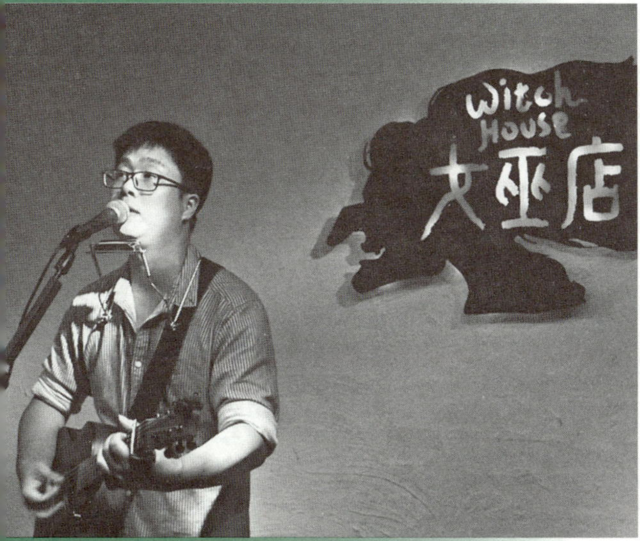
Witch House
女巫店

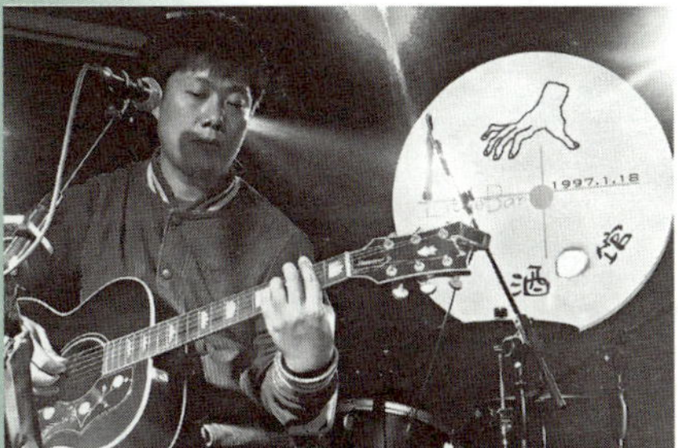
1997.1.18

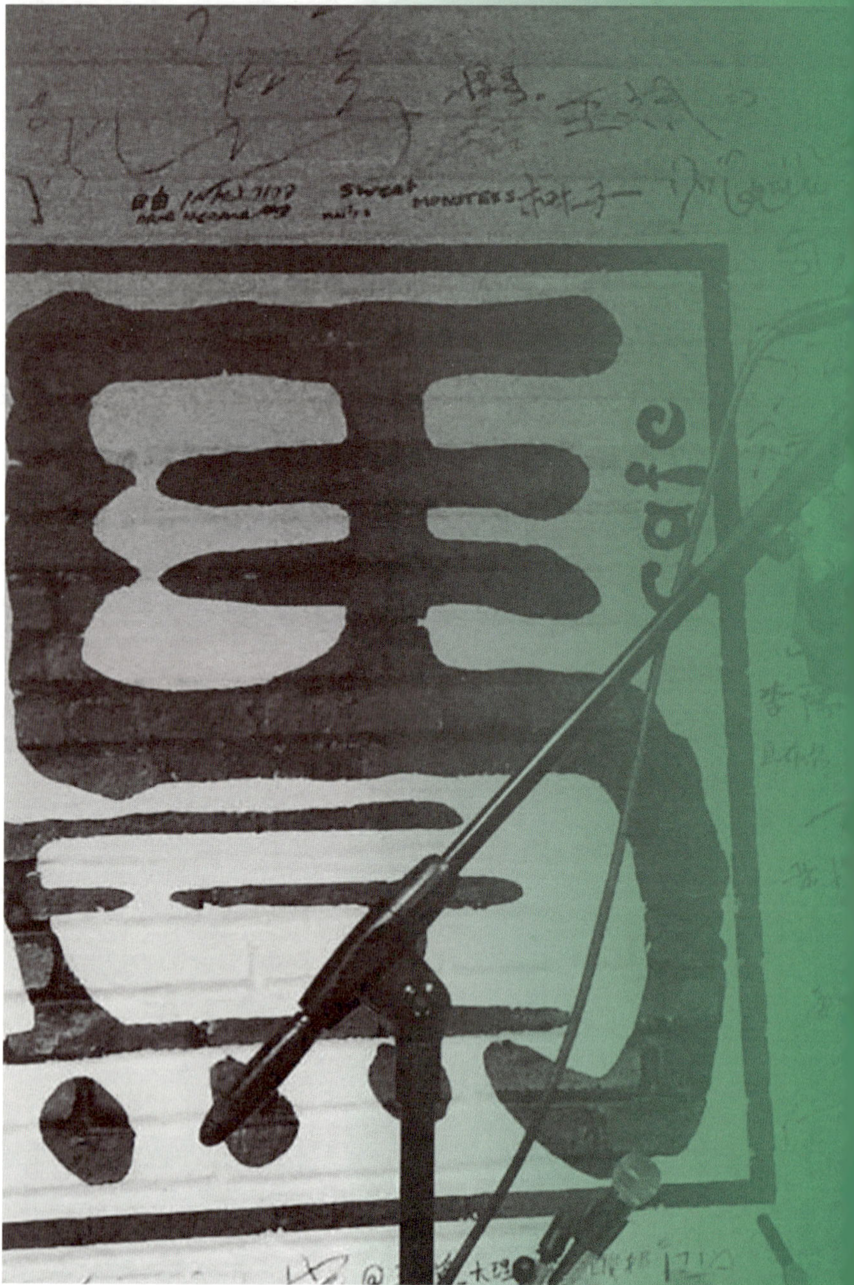
cafe

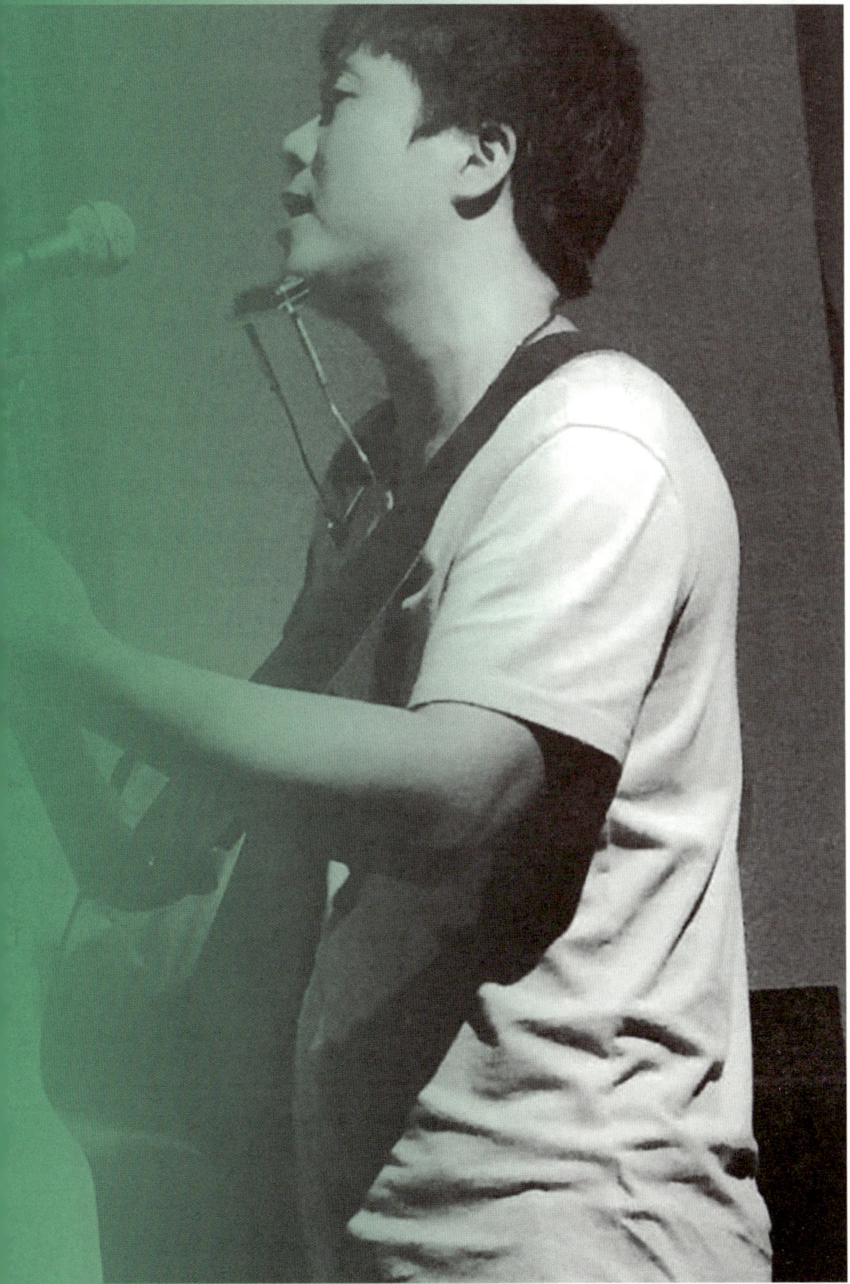

去个
不被糟蹋
的地方

2018年12月15日，四川阿坝的阿勇发微信问询我专辑在哪里可以买到，顺便问我什么时候去他们黑水县玩。

2018年12月21日，我问阿勇最近有没有画画，很早以前便没有再担任县文化站站长一职的他去了纪委工作，没能继续坚持绘画创作。

2018年12月23日，我同阿勇说我决定第二天凌晨驾驶摩托车从成都出发前往黑水写生采风。次日，在妻子和所有家人都未告之的情况下，骑行了十三个小时共三百五十四公里，在傍晚时分抵达黑水县县城。阿勇临时加班赶不回县城，我独自找旅馆住下。

临近腊月，整个县城没有像我一样的第二位旅者，大部分旅馆都已停业。临时接通电源的电热水器需要等上三小时才有热水，然而，也还没能等洗热乎，水温便很快下降。与在来时的征途上全副武装御风而行，冲出城市重围，穿过雾霾天，越过无数村庄后的蓝天白云与山石河沟，惬意潇洒刺激相比，眼下的起居日常令人备感尴尬。热水澡没把身子烫热，要了副电热毯盖上两床被子早早蜷缩着入睡，次日凌晨仍然被冻醒，因为电热毯是坏的……

十点，吃完面包喝完牛奶打点完装备，嘱咐店家千万不要断掉热水器的电源，再给换副能用的电热毯，烧好一壶热开水倒满保温杯后出发。

紧挨县城两三公里的德青郎寺在海拔三千米的山上，攻略里形容它低调、内敛、瑰丽、独

365

特，阿勇告诉我这里非常适合骑摩托车上山。

按导航索骥，在骑行未到山的三分之一处时心灵便已受震撼。脚下峡谷与对面的大山伴着晨雾一起云蒸雾绕，远处山顶钟鸣鼎食，一切景象令人神清目爽。抑郁了一整个秋冬季节的沉闷胸口像尘封已久的心窗被徐徐地打开，明朗舒缓起来。

停下车，按章有序地准备写生画具，完成第一幅小品写生。

中午时候，温暖炙热的太阳光先洒满山腰与峡谷，天光与云影晃动。用完方便米饭后再小调整下画面继续收拾行装往山上骑行。背阴的路面有积雪，无数深深浅浅的车辙和牛羊蹄印伴随，数得清的十来头黄牛在路边啃着干枯的杂草，时不时仰脖长啸。后来阿勇告诉我，每一头牛都有名字，整个县城一共只有不到百头牛。

在盘山的水泥路上一边骑行一边往山下俯瞰，黑水县城越来越清晰的同时也越来越玲珑。继续穿过悬崖上的小村庄，绕过峭壁上枯黄的玉米地，头顶蓝天，直到彻底没有了人间烟火的气息，直到五色经幡的海洋随山风猎猎作响，德青郎寺端祥地呈现在眼面前。据传，公元八世纪后期，是大译师白诺杂纳在嘉绒地区传法时修建的这所寺院。他被后世嘉绒藏族誉为"点燃东方明灯的圣人"。

我和佛法之缘远未有到来，目送德青郎寺和荡漾着的经幡继续往更高处骑行。

大约在接近山顶还剩五分之一处，在一处弯道上停下来。不远处"达古冰川"层峦叠嶂的雪山尖闪烁着银色的光耀，两匹骏马在峭壁边上信步。捧起来一掬白雪，尝上一口再洗把脸，迎着正午的暖阳沐浴半晌再铺排开画具，开始第二幅小品风景写生。

下午很快过去一半，气温骤降，收拾行装下山。阿勇与他同事付寿也在从乡下驱车回县城的路上。

晚上的藏式餐让我印象深刻，一切都符合人们对藏族友人盛情好客的想象。这是距离阿勇微信上问我专辑在哪里可以买到的第十天，将留存量无几的第一、第二张专辑，同诗歌集《迁徙》一并相赠。

把酒尽欢后再去到阿勇表姐在县城里开的酒吧，唯一的一家有驻唱歌手的清吧，这会儿正值岁末年关，吉他弦断，几桌子客人在尽情唱着卡拉OK灌着大酒。老板娘出远门了，由老板娘的那位从成都某大学放寒假回家的妹妹打理，也是阿勇的表妹。不经意的两瞥，姑娘极为的俊秀靓丽，符合所有人心中对美的藏族姑娘的一切美好的想象。我这位旅者心中又添上了一道美丽景象！

我问阿勇这些年的恋情，他羞涩地说一直单身着，还从未有过恋情发生。这个答案是有多么不符合他那副高原上敦厚沧桑的年轻脸庞啊！我们约定下次再来时，选在毕业季的夏天，带上吉

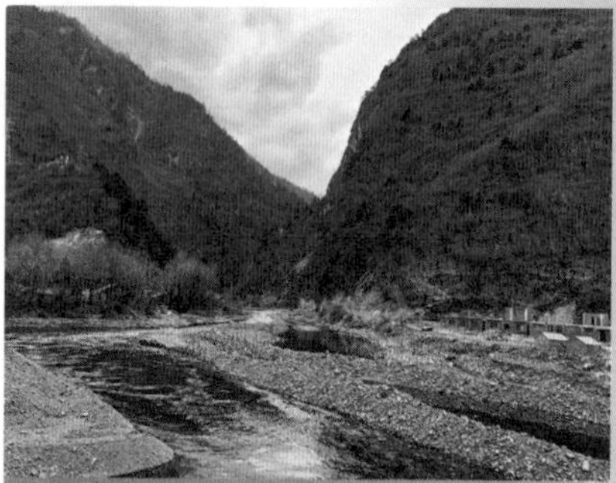

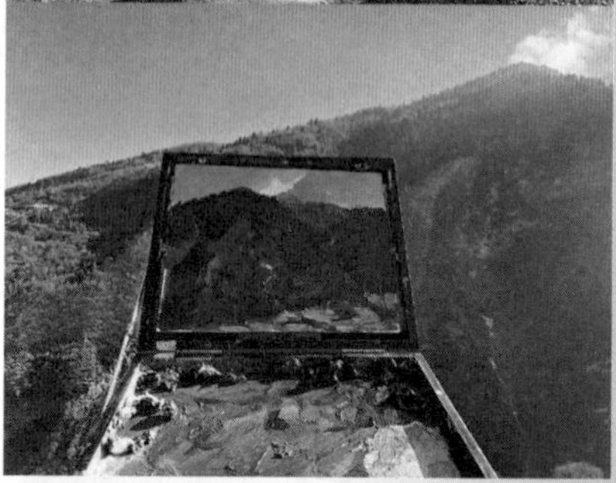

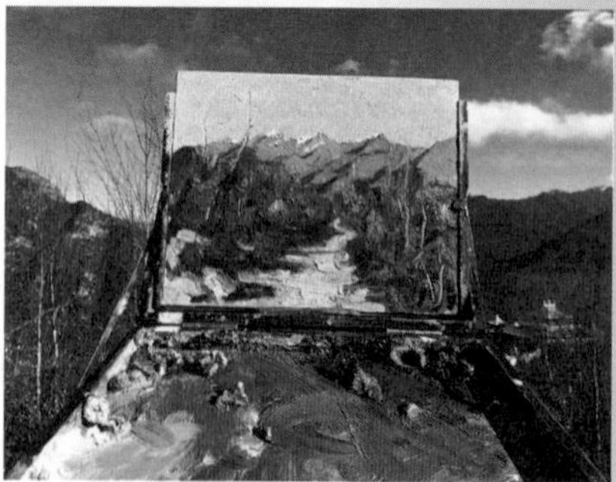

他来这里演一场Live。

徒步回旅馆的路上，整洁宽敞的街道两旁行人渐少，只要有人经过，都是阿勇和付寿的乡亲，他们一一寒暄，十分钟的路程加倍到三十分钟也走不完。夜半的街道上有先后从我们身边打马经过的两辆驼马。第一辆是一对年轻夫妇，他们并排而坐，男人持缰绳，女子紧紧依靠着对方的臂膀高声唱着藏歌，一唱一和又自说自笑着。第二辆是一对父子，儿子约莫十岁，父亲持缰绳和儿子背靠背，父亲大声吟唱，孩儿挥舞双手张大嘴巴附和，扬长着消失在夜色与霓虹之中……一首首藏歌在清冷的街道上、在县城的峡谷中、在这方从未被糟蹋之地的夜空飘荡回响。山谷里的居民已然入睡，只剩有小半儿的家庭还亮着温煦的房灯。那一刻我尽情地想象，想象他们的生活是有多么的快乐，在每一个这样的普通夜晚，伴着从街道上传来的这般原生态的歌声入睡，该是多么的美妙！

次日，我仍然去了德青郎寺所在的山顶，在距离昨天第二幅小品风景写生处再往山上骑行大约八百米的地方停下，前方积雪过厚，在摩托车再也无法继续向前骑行的尽头，作完我此行的第三幅小品油画。

半天的时光里，有人上山拾柴火，有一家三口骑三轮摩托车小心翼翼从山上下来，有许多小松鼠跳跃着在我身旁欢快地经过……

第四日，去往阿勇推荐的达古冰川，等不到

这周末阿勇的陪同，一早便前往距离县城约十公里的达古冰川风景区。这是最寒冷的一天，峡谷里头飘起散漫的雪花，302国道上鲜有过路车辆，两侧山石嶙峋，河沟水流湍急、水声清亮。行至八九公里的时候被右边一溪谷的景色打动，停车拍下几张照片留存后再继续往前方不远的目的地赶。不想，风景区因气候缘故，告知冬季关停。于是毫不犹豫折返到适才被打动过的地方，铺排开油画工具作画。

最打动人的风景总会出现在旅人们要抵达目的地的途中，等不到刻意找寻，它就在那儿等着你。我画下了最为满意的一幅小品油画，作品《空谷幽兰》。

写生油画结束在午间，天寒地冻易饿，在原地将方便米饭热熟，一顿狼吞虎咽之后我决定即刻就启程回成都。在县城唯一能加到95号汽油的加油站把油箱加满，打开头盔上的蓝牙耳机，播放这天上午刚发布便购买的许巍新专辑《无尽光芒》的数字版，设置好循环播放。前半程在音乐与天光云影的陪伴下我享受了人生有史以来最美妙的归程。入北川，翻过一座绵延的大山后，背山处纷飞的大雪扑面而来；路面湿滑难行，尤其是为拍下雪景而停车并打开头盔防雾面罩后再合上继续骑行时，冷热空气对冲，防雾面罩便再也不防雾了，只得一直半开面罩骑行。进德阳城时天已全黑，离成都的家只有不到六十公里的路程，这让我做出了不留宿而冒险连夜骑行回家的危险决定。在此，郑重建议大家万勿夜间摩旅行车！

晚十点归家，半小时热水澡也没能将冻僵的身体烫热乎，坠入卧榻，回复在娘家的妻子拨过来的不下五个的未接电话报平安，再告知阿勇，自己这会儿已经安全返程。一切恍若隔世！

第二天，成都迎来这些年难得的一场雪，整座城市为之雀跃。雪不大，人们生怕给糟蹋了。

快 问 快 答

Q & 1/2/3/4/5/6

有没有被一首歌曲或一张专辑治愈的经验？它讲述了什么？

　　会让原本悲伤的情绪更为悲伤，直至逆流成一股向上的力量；让原本宁静的心绪变得更为清澈致远；追索往事，重温各种美好，感知生命中温暖的部分。

　　一首或一张能治愈自己的歌或专辑大概什么都没讲述又什么都讲述了，取决于聆听者的即时心境。

创作灵感的来源是什么？如何接触新的音乐？

　　生活经历、人生感悟、未知期许。

　　从日常资讯中获取、关注，再去平台搜索。

印象最深刻的一次现场？

　　台北女巫店。

请分享下曾经做过的为音乐疯狂的事。

　　多，皆为年少轻狂。